威風凜凜的狐狸尾巴

5 星光閃閃的奇蹟舞臺

孫元平 著　萬物商先生 繪
林謹瓊 譯

獻給想成為風雲人物的狐狸們

黃智安

丹美的幼兒園同學，也是「海藍寶石」的成員。擔任舞臺劇導演時面臨了重大危機，幫助丹美在關鍵時刻找到正確方向。

韓詩浩

個性冷靜果斷，負責操作舞臺劇的音響設備。面對任性的允娜，會毫不留情的當面批評她。

斗露美

丹美的多年好朋友，擔任舞臺劇副導演的工作，負責編排演員的動作以及動線。

高旻載

夢想是讓滅絕的動物復活。負責製作舞臺布景，總是因為粗心大意而被允娜責備。

擁有九尾狐血脈並遺傳給丹美，也將擁有強大力量的「狐珠」傳承給丹美。

性格謹慎細心，擅長料理。總是默默守護著丹美，為她加油打氣。

登場人物介紹

孫丹美

繼承九尾狐血脈的少女，在戲劇節舞臺劇表演裡飾演最平凡的「三葉草」。獲得「狐珠」後，在狐珠與擁有奇妙魅力的第五條尾巴幫助之下，明白了什麼是真正的魅力。

杜萊兒

能夠呼風喚雨，隱藏著「蓑衣鬼之謎」的神祕少女。覬覦丹美的狐珠，想盡辦法讓舞臺劇表演陷入危機。

白允娜

準備以雙人偶像團體「海藍寶石」出道的練習生。在舞臺劇裡飾演女主角茱麗葉，因為與其他人不合而引發糾紛。

韓知浩

詩浩的雙胞胎弟弟。在舞臺劇裡飾演男主角羅密歐，與允娜水火不容。

目錄

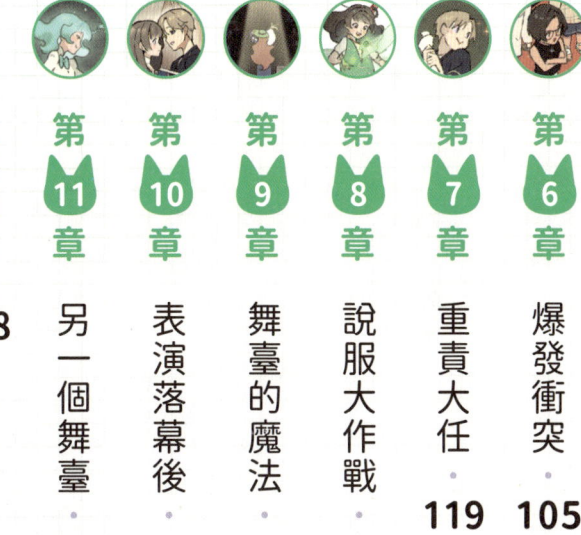

序言

夏日之詩

閃耀光芒的太陽下，是一片湛藍的天空。
湛藍的天空下，有翠綠的樹葉；
翠綠的樹葉上，有晶瑩剔透的水滴。

夏天，就像水滴映照出來的陽光，無比閃耀！

看起來如何？是不是寫得很棒啊？某天上國語課時，老師請我們以「夏天」為題寫一首詩，於是我將雨後無意間看見樹葉上水滴的情景，寫成了這首詩。我越看越覺得自己實在是寫得太好了，那段時間，只要有空，我總會不停的低聲吟誦詩句。

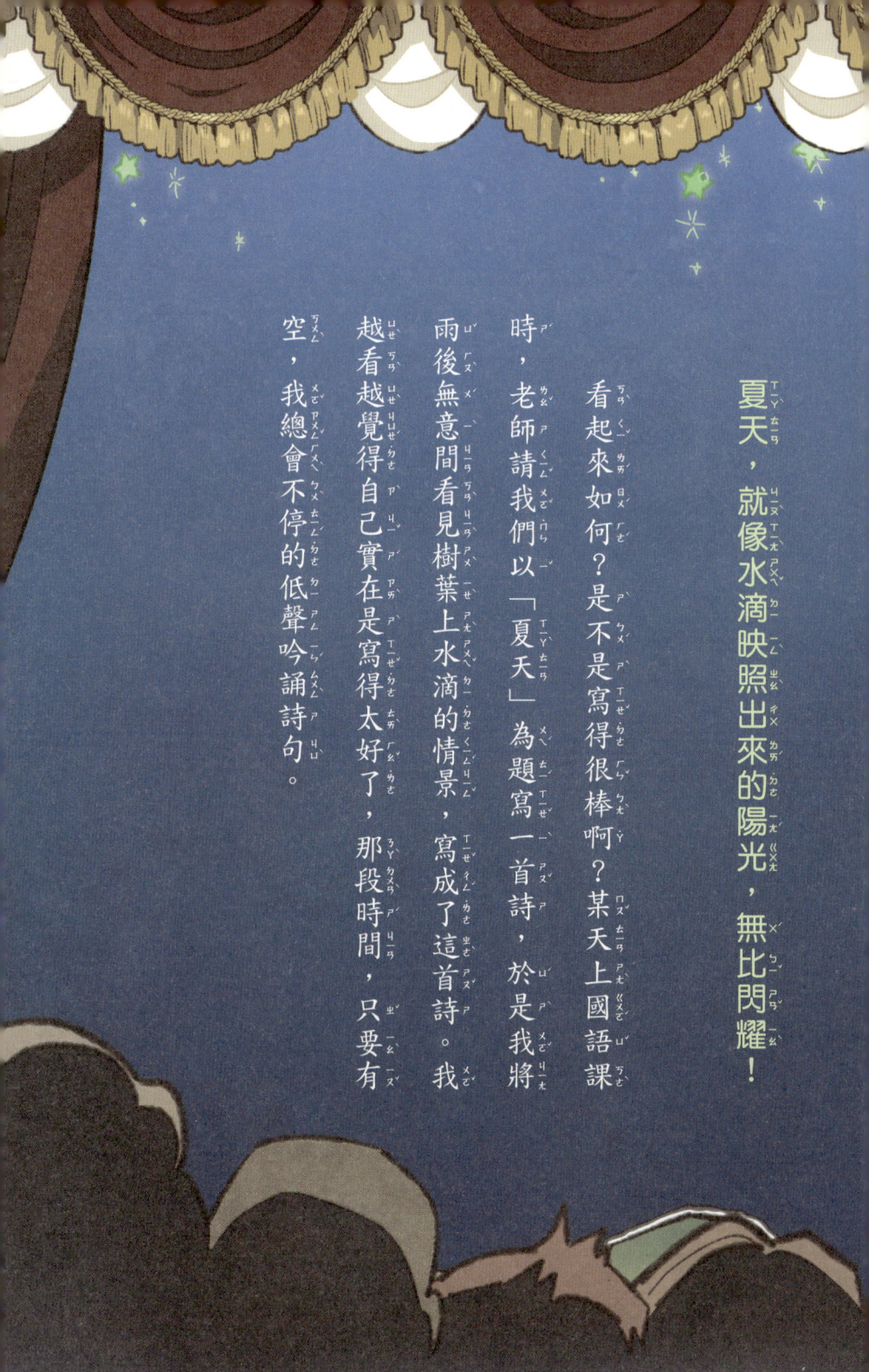

我憧憬詩裡描繪的蔚藍夏天——一個陽光明媚，讓人身心舒暢的夏天。之所以會這麼期待夏天的來臨，也許是因為我們將在夏天迎來一場有趣的活動。

我所就讀的未來小學每年都會舉辦一場戲劇節活動，僅限五年級學生參加，讓學生有機會自主籌備並表演一齣舞臺劇。

一想到同學們即將登臺表演的畫面，我的內心便充滿期待。那時的我還不知道，在舞臺上將會發生什麼樣的意外，更沒想到，今年夏天，竟然有如此神奇的事情在等著我！

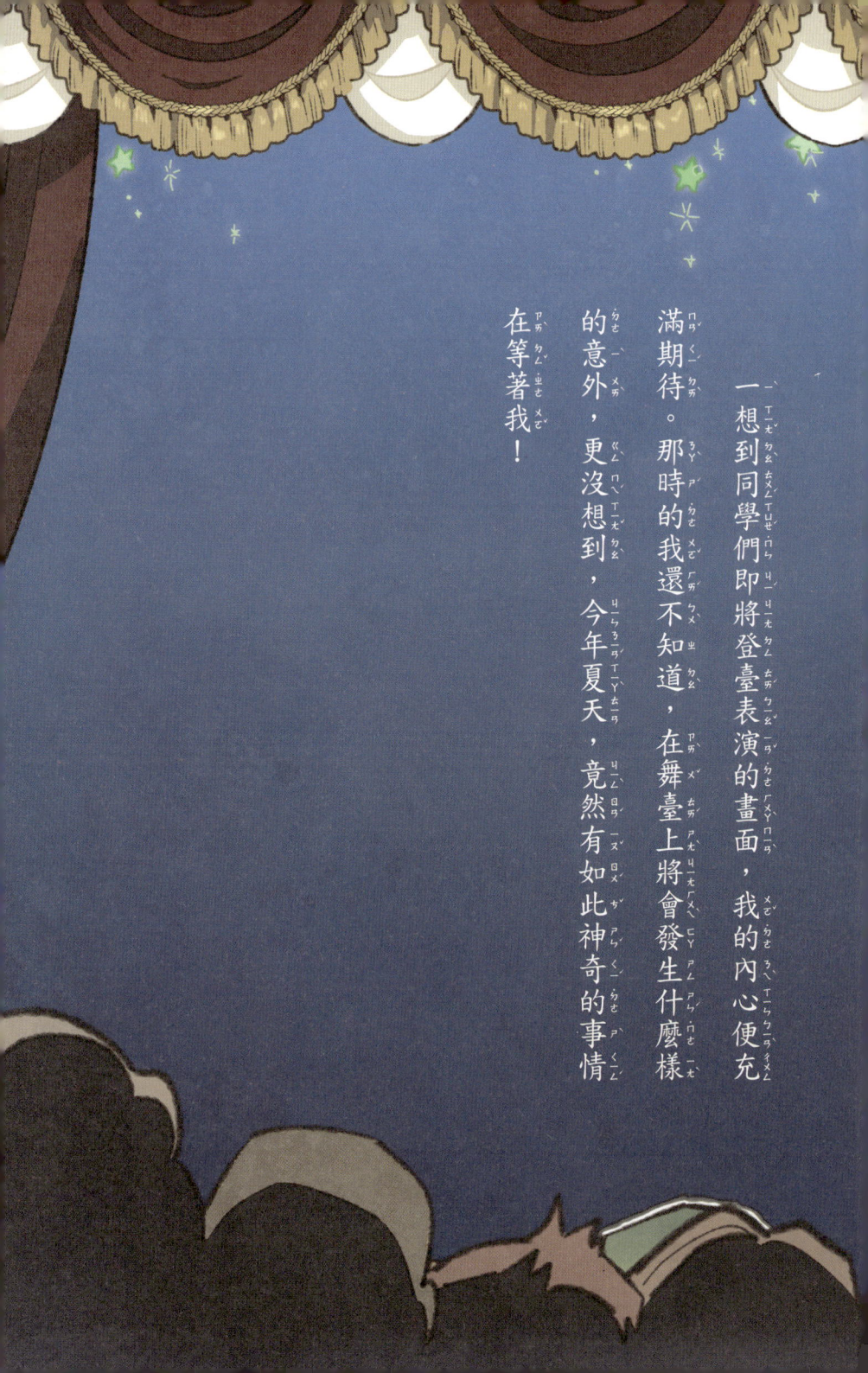

save me

第1章

徵選會

四周一片昏暗，我擠在長長的隊伍中，努力控制著呼吸，等待自己的名字被叫喚。每當評審喊道：「下一位。」，就會有徵選者緊張得挺直身體，緩緩走上臺階，站在耀眼的聚光燈下。其他人都像是等著接受

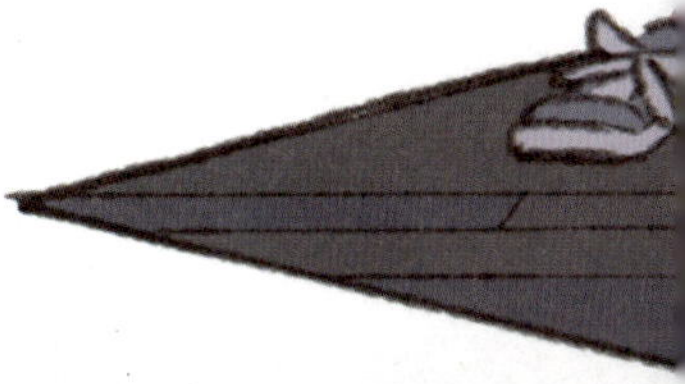

審判般，焦慮得坐立難安。這裡到底是什麼地方呢？就連微弱的呼吸聲都能聽得一清二楚，舞臺上下的明暗對比，如同晝夜般鮮明——這裡就是舞臺劇的徵選現場！

原本只有校長演講或特別嘉賓蒞臨時才會使用的大禮堂，現在變成我們的表演舞臺。每年五月會舉辦僅限五年級生參加的「未來小學夏季戲劇節」，此刻正在徵選上臺表演的演員。

「下一位，高旻載！」

聽見老師的聲音，旻載怯生生的走上舞臺。只見他獨自站在舞臺上，尷尬的搔了搔頭，全身顫抖的說出準備好的臺詞，那是《哈姆雷特》

中最廣為人知的一句——「生、存、還、是、毀、滅、這、是、個、值、得、思、考、的、問、題。」

旻載的表演，比他打造的機器渡渡鳥還要僵硬好幾百倍，他自己似乎也很清楚這一點，表演一結束，他就飛快的衝下舞臺。

「辛苦了，下一位是孫丹美！」

輪到我了，我抱著忐忑的心情，一步步走上舞臺。明亮的燈光讓人目眩，完全看不清楚觀眾席上的人。

接著，我緩緩朗誦出自己寫的詩：

閃耀光芒的太陽下，是一片湛藍的天空。
湛藍的天空下，有翠綠的樹葉；
翠綠的樹葉上，有晶瑩剔透的水滴。
夏天，就像水滴映照出來的陽光，無比閃耀！

「以上是我準備的內容。」

我鞠躬行禮，挺起身後，終於看見坐在臺下正前方的哈囉老師，老師負責這次戲劇節的統籌策劃，這對我來說並不值得高興。

「這是哪一齣戲劇裡的臺詞呢？徵選會規定只能表演『莎士比亞戲

劇』中的臺詞喔！」哈囉老師用嚴肅的語氣問道。

「那個……是我自己寫的詩。因為覺得自己對表演沒有太大的興趣，也從來沒想過要上臺演戲，剛好在國語課上寫了一首詩，就直接拿來當作試鏡的內容了。」我如實回答，因為不想在大家面前出糗，但又被迫參加這次徵選，所以才選擇念自己寫的詩。

哈囉老師聽完我的解釋後，表情相當嚴肅的說：「這首詩寫得不錯，但是，不能這麼輕率的登上舞臺。無論妳在劇中負責什麼角色，都別忘記在舞臺上要拿出真誠的表演。」

我向老師再次鞠躬後，急匆匆的走下舞臺。我和旻載一樣，一看就不是表演的料，為什麼要強迫一點都不想上臺的人參加徵選呢？耳邊繼續傳來哈囉老師的聲音，像是在回答我心中的疑問。

「四年級時，大家經歷了冷颼颼的露營日，到了五年級，則需要累積上臺表演的經驗。即使最終沒有獲得上臺的機會，也可以透過試鏡，體驗站在舞臺上的感覺，這才是學校舉辦這些活動的用意。就算尷尬或難為情也沒關係，因為表演的經驗會讓你們得到寶貴的成長，這是未曾上臺過的人無法體會的。」

哈囉老師這番教誨似乎沒有獲得大家的共鳴，除了某個人以外。

「下一位是白允娜。」

隨著老師的唱名，傳來一陣「噠噠噠」踏上階梯的輕快腳步聲，所有人都期待的看向舞臺。站在舞臺上的允娜低著頭，一動也不動，當老師示意可以開始表演的那個瞬間，她突然高聲大喊，並癱坐在地。

「啊！羅密歐！」

同學們驚訝得目瞪口呆，但是允娜毫不在意，繼續她的表演。

「這是怎麼回事？你為何倒地不起？」

她所表演的情節是《羅密歐與茱麗葉》其中一幕，茱麗葉看見羅密歐倒在自己面前。說實話，我被她突如其來的表演嚇了一跳，但仔細想想，是因為她非常認真，全心投入，才會震撼全場吧！之前都是外行人在臺上背誦臺詞，突然有人表現出專業級的演技，形成明顯的落差。

允娜結束表演後，志得意滿的走下舞臺。過了沒多久，老師開始宣布徵選結果。

「大家辛苦了，能站在舞臺上表演，相信大家都付出相當多的心力。舞臺劇不只是需要在臺上演出的演員，從旁協助的工作人員也是不可或缺的。有些同學已經自告奮勇認領一些工作了，稍後，我會正式宣布每位同學負責的任務。」

所有人都帶著緊張的表情，等待老師宣布的結果。

「音響設備由韓詩浩負責，燈光由閔善柔負責，舞臺設計由高旻載負責，副導演是斗露美。」老師依序念出每個人的任務。

「接下來，導演是黃智安。」

「我嗎？」

智安十分驚訝，整個春天都住在鄉下奶奶家的智安，比去年長高了不少，不過他那鬼靈精怪的眼神依然沒變。

「是的，你在這張表上不是寫著想當導演嗎？」老師一邊舉起志願表，一邊說著。

「我這樣寫喔？也是啦，我當然可以勝任……」

「因為沒有其他人申請導演這個工作，所以我認為智安同學應該是最適合的人選了。」老師打斷智安的發言，大家忍不住笑了出來，智安低聲嘀咕著，然後長嘆一口氣。

老師則繼續宣布其他的名單。

「那麼，接著要發表眾所矚目的主角名單，男主角是韓知浩，女主角是……」

允娜雙手緊握，不安的跺著腳。

「白允娜！」

當老師喊出她的名字時，允娜開心的舉起雙手，大聲歡呼。

「其他的工作分配我列在這張清單裡，請大家參考一下。針對有參與演出的同學，之後會舉辦籌備會議，再詳細說明各項工作內容。」

聽完老師的這番話，我的心情輕鬆多了，看來這次的演出跟我沒什麼關係，我只要舒服的坐在觀眾席觀賞表演就好。

出人意料的是，貼在牆上的名單裡竟然出現了我的名字！我被分配到「三葉草三號」的角色！

「我是三葉草三號？」我下意識的喊了出來。

所謂的「三葉草制度」是本校的戲劇節傳統，無論演出什麼樣的劇本，最後一幕都會有三位學生出場，向觀眾宣告劇終。據說老師會特地挑選「因為不用上臺表演，而格外放鬆的學生」。這個制度還有一個特色，在正式演出前，有一位三葉草會先隱藏身分，當天才向大家揭曉。

沒想到我竟然也要上臺！難道是因為我剛剛朗誦的那首詩裡有提到「葉子」嗎？這誤會可大了！但是話說回來，像我這種平凡的人如果非得要上臺，最適合的角色就是三葉草了吧！

過了沒多久，所有參與這次演出的學生逐一上臺向大家打招呼。

「很高興這次能扮演女主角。」

率先登場的是允娜，她的語氣相當興奮。她抓起舞臺中央的麥克風，以誇張的聲調滔滔不絕的說著。

「我發誓，我真的做夢也沒想到會成為女主角，真的太開心了。我一定會盡我所能，拿出最好的表現，和所有參與這齣舞臺劇的同學一起度過這段別具意義的時光……」

突然響起「嗶」一聲，麥克風瞬間沒了反應。

「現在似乎不需要用到麥克風，所以我就先關掉了。」詩浩收回允娜手中的麥克風這麼說。

「哼，好吧，我也只不過是測試一下音效而已！」

話說到一半就被打斷的允娜一臉不悅，轉向無辜的旻載，碎念著：

「舞臺設計由高旻載負責沒問題嗎？應該不會把這齣戲搞砸了吧？」

旻載聳聳肩，說：「就算發生這種事情，妳也不用擔心，因為我有一個可靠的副導演。」

聽到旻載這句話，露美趕緊否認：「你在亂說什麼啦！我只不過是副導演，工作就是協助智安而已。其實，我連副導演到底要做什麼都還不清楚，所以別對我抱太大的期望，智安應該會處理好一切吧。」

眼見責任落到自己頭上，智安不滿的嘖了一聲，說道：「哎呀！為什麼每個人都在推卸責任啊？不過話說回來，舞臺劇的呈現都得靠導演的功力，你們都要照我的話去做啦，哈哈哈！」

「一齣劇怎麼可能全靠導演的功力啊？演員更重要吧！」允娜毫不

留情反擊得意洋洋的智安，氣氛瞬間變得喧鬧起來。

「好了！好了！今天大家先簡單的打個招呼，下次就要認真排演啦！」眼見同學們鬧得不可開交，哈囉老師趕緊出聲制止。

第一次的劇組聚會就這樣在吵鬧中結束了。還沒開始排演，我就已經開始擔心，在意見分歧如此嚴重的情況下，排演真的能順利進行嗎？想到自己扮演的只是三葉草三號，我再次感到十分慶幸。

幸好，我是毫不起眼的三葉草中，最無關緊要的三號角色，渺小到根本不可能出錯，更別提搞砸表演了。只要在最後跟其他兩位三葉草演員一起上場，鞠個躬就結束了，想到這裡，我的心情便放鬆許多。

我正要走出禮堂，感覺到似乎有什麼東西從我的背上脫落！

我猛然轉頭，看見一個綠色的身影迅速消失在舞臺後方，無庸置疑，這絕對是我想的「那個」！

「丹美，放學後我們一起去買炒年糕吧，詩浩和善柔也會來喔！」

「露美，抱歉！我有東西忘了拿，妳們先去吧！」

我急匆匆的丟下這句話後，轉頭跑向舞臺。就這樣把好友露美拋在身後，這條尾巴還真會給我找麻煩！

第2章

充滿魅力的尾巴

舞臺後方一片漆黑，梯子、椅子、紙箱雜亂無章的擺在地上，各種舞臺道具散落一地，雖然亂七八糟，卻又莫名帶著一種秩序感。

「原來後臺長這樣呀！」

懷著好奇，我繼續往前方邁進，心怦怦直跳，感覺正在踏入一個只有我知道的祕密空間。「尾巴」跑去哪裡了呢？如閃電般出現又消失的第五條尾巴。

就在那一刻，「噠」的一聲，我頭頂上方的燈突然亮起，刺眼的光芒讓人睜不開眼睛，我只能趕快高舉手臂擋住燈光。此時，不知從哪裡傳來一陣輕快的烏克麗麗琴聲，一道身影坐在箱子上，唱起歌來。

我呀，有著一頭翠綠短髮，

彎彎曲曲的綠色捲髮，

雖然活躍在舞臺上令人興奮，但從暗處靜靜觀望，也很有趣呢！

那個女孩抬起頭，她有著俏皮的短髮，以及如新月般彎曲的笑眼，髮絲飄動時，發出的柔和翠綠色光芒，為她增添了一股神祕氣息。她跳下箱子，拿起放在道具箱上的手杖，順勢將一頂帽子挑起來，斜斜的戴在頭上，舉手投足就像個音樂劇演員似的，她以華麗的小舞步躍過一個又一個箱子。

舞臺，就像魔法般神奇，
人生，這個舞臺更加美好。
我呀，有著一頭綠色捲髮，
神祕又美麗的綠色尾巴。
我呀，正在尋找人生的美好，
我還有一個很酷的名字……才不告訴你呢！
猜猜看吧！

綠色尾巴撥動烏克麗麗的琴弦，放聲高歌，一曲唱畢，她摘下帽子彎腰鞠躬，向我行禮示意，那條綠色辮子，也隨之輕輕的垂落下來。

「哇！真的好厲害！太好看了！」我忍不住激動的鼓掌並喝采。

聽見我的讚賞，綠髮女孩抬起頭說道：「謝謝！不過，妳的掌聲是不是有點太誇張了？」

「會嗎？我還想要想喊安可呢！」我放下雙手，以誠懇的語氣說道。

回想過往，每當新尾巴出現時，我總是陷入慌張失措，這次能愉悅的迎接新尾巴的到來，我感到格外雀躍。

女孩聽見我這麼說，露出充滿自信的笑容，她輕盈的跳下箱子，將臉湊到我面前，眼神中閃爍著耀眼的光芒。

「那麼，現在猜猜看，我是什麼尾巴呢？」

「嗯……歌聲尾巴？還是舞蹈尾巴？」

「都不是，妳的推理能力需要再加強喔！」綠髮女孩搖了搖食指否認。

「難道妳沒發現，我的身上有哪種特質多到滿出來了嗎？」

我歪著頭思考，這條既神祕又充滿魅力的綠色尾巴，究竟象徵著什麼呢？

「有些特質的確非常明顯，但是我想不到怎麼形容。」我支支吾吾的回應：「總之，妳真的很有魅力！」

「沒錯！妳說對了！」聽見我這麼說，她突然開心的看著我。

「啊？」

「哈哈哈……妳說對了，好開心！如果要我形容自己呢，那就是一條凝聚所有美好及獨特於一身的『魅力尾巴』！」女孩一邊說著，一邊以華麗的姿態在原地轉了一圈。

「魅力？那是什麼意思呀？」

綠髮女孩面對我的提問，露出一副說來話長的模樣：「要討論這個呀，就算花七天六夜也說不完，不對！就算花一年也不夠！從另一個角度來說，如果非得要解釋魅力的定義，反而就失去原本的魅力啦！」

她的語調充滿節奏感，就像是在繞口令似的。

「喔……這樣呀。」我還在努力消化她這個奇妙的理論時，她又開始唱起歌。

魅力，是非常深奧且神祕的。

不過，只有神祕不算有魅力，

光是忠於自我，也不算有魅力，

只是漂亮，也不算有魅力。

「那『魅力』到底是什麼呢？」

突然，綠髮女孩把食指放在嘴脣上，示意要我安靜，接著她若無其事的繼續唱歌。

要達到完美平衡，
重點在於「和諧」，
一切都必須恰到好處的融合在一起。
所謂魅力，耐人尋味又妙不可言，
如同美味食物般令人驚豔。
我只能給妳一個提示，
試著在妳的「內心」尋找答案！

綠髮女孩唱完最後一小節，臉上浮現出自信的笑容，顯然是對自己的表現相當滿意。我還來不及對她說些什麼，她就悄然消失在我的身後，一片漆黑的後臺，再度剩下我一個人。

我對眼前的狀況還有些茫然，但我的心情並不算太糟。綠色尾巴是我見過最奇特的尾巴，雖然她看似自視甚高，卻不會讓人感覺傲慢；即使她的舉止帶著幾分誇張，卻有一種令人著迷的魅力。如此奇妙的邂逅，讓我不禁開始期待，下一次與她相見的機會。

突然現身在我眼前的綠色尾巴，說完想說的話之後，又瞬間消失無蹤，就像是舞臺劇裡的演員一樣。至少，比我飾演的三葉草三號，更像一名演員。

我也能成為一名稱職的舞臺劇演員嗎？我輕輕揭開布幕，小心翼翼的走上舞臺。然而，當我獨自站在這個空蕩蕩的舞臺時，腦海中只有一片空白，毫無頭緒。

如果是綠色尾巴，她一定會知道該如何自信從容的駕馭這個舞臺。那麼，我是不是該借助她的力量，更認真面對這次的舞臺劇呢？

我搖搖頭甩開這些煩惱，思來想去，還是覺得表演這種事不適合我。我只不過是個微不足道的三葉草，既不重要也不起眼，隨便應付一下就好。想到這裡，心理頓時輕鬆了許多。

第3章

月光下的狐珠

「什麼叫做『應付一下』？舞臺上的每個角色都是獨一無二的呀！」媽媽聽到我打算敷衍這次的舞臺劇演出，氣急敗壞的說。

她手上的烤肉差點掉到木炭裡，一向沉穩冷靜的媽媽竟然會這麼激動，真讓我意外。

「老婆，把夾子給我吧，我來烤。」爸爸一邊說，一邊趕緊伸手接過夾子。

這個週末，我們全家人來到戶外露營，在繁星點點的夜空下，烤肉在炭火上滋滋作響，香氣四溢。

「我的夢想又不是站在舞臺上表演，一定要認真參與嗎？我只要專注在有興趣的事情上就可以了吧？」我回想起紅色尾巴去年春天帶給我的沉重教訓，如此抱怨著。

「專注在自己喜歡的事情上當然很重要，但別的事情也不能隨便應付呀！更何況，這是一場需要齊心協力完成的舞臺劇。」

媽媽彷彿化身為演員，雙眼閃爍著光芒，讓我感覺登上舞臺是一件無比榮耀和驕傲的事情。媽媽繼續說：「站上舞臺，就如同成為眾人仰望的星星，無論是小星星還是大星星，那一刻，臺上的每個人都會閃耀奪目！」

我抬頭望向星空，成千上萬的星星如寶石般閃爍著。

「如果這個世界到處都是星星，那麼光芒會刺眼到讓人睜不開雙眼吧？我喜歡平凡，若要每件事都賦予特別的意義，未免也太累人了。我

喜歡自己是個普通人，因為那讓我感到自在。」

「妳到現在還覺得自己很普通嗎？」

媽媽帶著微笑詢問，而我深深嘆了口氣，說：「在我知道自己是九尾狐之前，我真的是這麼想的。撇開九尾狐這個身分，我現在的想法依然沒變。」

「即使是星星，也各有不同，並不是每一顆都耀眼奪目，它們以自己的方式散發出屬於自己的光芒，正如每個人都有獨一無二的風格。」

「風格？」

媽媽點點頭，接著用雙手輕輕捧著我的臉說：「而且呀，狐狸是世界上最出色的動物。」

夜色中，媽媽的臉微微發亮，彷彿有一道光輕輕灑落在她身上。我抬頭一看，才發現月亮正從雲層中緩緩的露出來。

「選在今天來露營果然是對的。老公，我們要出去一下，因為我們要舉辦一個只有媽媽和女兒才能參加的重要儀式。」

爸爸點點頭，比出OK的手勢。接著我和媽媽坐上車準備外出，那一刻，我突然意識到，已經很久沒有像這樣單獨與媽媽談心了。

車子行駛了一段路後，我看見一片廣闊的田野。媽媽將車開到蘆葦田中央，此時，一輪圓潤的滿月高掛在雲層交錯的夜空中。

媽媽輕聲說道：「我真是選對日子了！這個儀式必須在滿月的時刻，並且在四下無人的地方才能進行。」

媽媽敏捷的跳上車頂，動作輕盈如風，我真切感受到她身上流著強大無比的狐狸血脈。我也試圖跟媽媽一樣跳上去，但馬上摔個四腳朝天，最後只能請媽媽拉我一把，才勉強爬上車頂。

我和媽媽面對面，盤腿坐在車頂上，雖然內心對接下來到底會發生什麼事充滿了好奇，但媽媽那認真嚴肅的表情，讓周圍的氣氛變得緊繃，我一句話也問不出口。媽媽挺直背脊，閉上雙眼，輕輕聞著風中的氣息。然後，她緩緩睜開眼睛，對我拋出了問題。

「丹美，到目前為止，妳出現了幾條尾巴呢？」

「五條。」我如實回答，我能預感到媽媽知道第五條尾巴的出現。

「沒錯，九條尾巴裡，最中間的第五條尾巴已經出現，所以我認為現在正是最佳時機。」

媽媽眼裡透著一種不尋常的光芒，使她與平時判若兩人，那眼神看來就像是一隻擁有神祕力量的九尾狐。

「還記得媽媽剛才說的話嗎？狐狸是世界上最出色的動物。」

我點點頭。

「我想，是時候給妳一些增強力量的工具了。」

「是什麼工具呢？」

我看著媽媽空空如也的雙手，心中不禁感到疑惑，她到底要拿什麼給我呢？媽媽似乎看出我的疑慮，輕輕瞇起雙眼，微笑說道：「正確來說，這個工具並不在媽媽手中，它會在妳全神貫注時，從妳心中自然而然的浮現出來。雖然我覺得妳應該已經準備好了……但看來還是得測試一下，才能知道答案。」

媽媽如連珠炮般說著，我卻聽得一頭霧水。

「當一切條件都具備齊全的時候，真正的九尾狐，必定會獲得某樣工具。」

「說了這麼多，到底是什麼？媽媽請快點告訴我呀！」

我終於忍不住了，懇求媽媽直接告訴我答案。沒想到，媽媽接下來的低語讓我驚訝得說不出話來。

「狐珠。」

「那是一顆能激發妳體內潛藏的九尾狐血脈，並且讓妳變得更加強大的寶石。」

寶石？狐珠？我看向媽媽脖子上的項鍊，從我有記憶以來，她就一直戴著它，從未離身。我不曾對那顆珠子產生過疑問，因為它的存在是如此理所當然，彷彿已成為媽媽身體的一部分。

那顆珠子是翠綠色的，顏色會隨著光線變化，還會在光線照射下發出絢麗的七彩光澤。仔細回想，它的大小似乎也會變化。可是，為什麼我從來不覺得奇怪呢？或許，我以為媽媽有好幾條差不多的項鍊吧！

我現在終於明白，那不是普通的項鍊，而是蘊含著強大神祕力量的狐珠！此刻，那顆狐珠的顏色顯得比平時更深，散發著奇特的光芒。

媽媽以深邃的眼眸注視著我：「從現在開始，妳要仔細看著媽媽的一舉一動。雖然要運用狐珠力量的人是妳，但若想召喚出狐珠，就必須仰賴另一隻狐狸的幫助才行。」

媽媽閉上眼睛，忽然間，一陣風吹來，她的長睫毛微微顫動。原本掛在媽媽脖子上的珠子緩緩飄浮到空中。在月光的照射下，珠子散發出微弱的光芒，光芒在珠子內部旋轉著，逐漸變得明亮，最後凝聚成一個耀眼的翠綠色漩渦。

就在那一刻，媽媽的狐珠發出一道強烈的光束，直衝我的胸口。緊接著，一股熔岩般的炙熱能量，迅速蔓延到我的全身。我感到頭暈目眩，胃裡一陣翻騰。強烈的噁心感襲來，我忍不住用雙手撐住車頂，試著努力穩住自己，但是那股感覺越來越強烈。轉眼間，一顆小小的珠子從我口中彈出，而那股暈眩與不適也隨即煙消雲散。

那顆珠子灰淡無光，又小又黑，毫不起眼，完全不像我想像中那般

美麗，這真的是狐珠嗎？我疑惑的將它拾起，仔細端詳。如果這顆平凡無奇的珠子就是我的狐珠，那麼，能喚醒狐珠力量的人非我莫屬。

我的腦中突然冒出一個奇怪的想法，我將狐珠高高舉起，沐浴在月光下，被照亮的狐珠瞬間散發出絢麗的七彩光芒，那神祕的色彩彷彿蘊含世界上所有的光。

「丹美，妳辦到了……從現在起，妳已經準備好成為真正的九尾狐了。」媽媽的聲音微微顫抖著。

「我嗎？」我難以置信的喃喃低語，只見媽媽堅定的點點頭。

「承襲九尾狐血脈的人必定會經歷三個關卡。第一關是尾巴顯現之時；第二關是獲得狐珠之刻。當妳擁有屬於自己的狐珠，便象徵著妳已準備好掌控九尾狐的力量。」

「那第三關是什麼呢？」我好奇問道。

「這個妳之後就會知道了，現在更重要的是，讓妳的狐珠能夠發揮作用，對吧？」

媽媽微微一笑，拿起我的狐珠，碰觸她自己的狐珠。「噹！」的一聲發出尖銳聲響，我驚訝的發現，狐珠中央出現了一個貫穿前後的洞。

「接下來，媽媽要將狐狸的力量傳承給妳。」

媽媽拔下一根自己的頭髮，放在我的狐珠上方，那根頭髮先是纏繞成一團，接著又展開化作好幾條長長的絲線，它們被吸進狐珠中央的洞裡，眨眼間媽媽竟然做了一條狐珠項鍊！

「媽媽的狐珠線也來自外婆的頭髮，從古至今，九尾狐的血脈都由母親傳承給下一代，就像一個儀式。從現在起，狐珠將會與妳形影不離，成為妳生活中不可或缺的一部分。」

媽媽語重心長的說著，將項鍊掛在我的脖子上。當狐珠碰觸到我的皮膚時，一股冰涼的感覺迅速傳遍全身，彷彿電流蔓延至腳尖。

「妳要牢記在心，擁有狐珠並不代表具備了九尾狐的所有能力，不過，至少證明了妳已經成為一隻力量強大的狐狸，也意味著妳必須更加小心注意。」

「嗯，要注意什麼呢？」

媽媽把臉湊到我面前，低聲說：「那些覬覦狐珠的人！」

這句話讓我倒吸了一口氣，媽媽神色嚴肅的看著我說：「自古以來，關於九尾狐蠱惑人心的謠言不斷散播。事實上，九尾狐比人類更加強大優秀，而那些嫉妒九尾狐的人，就會刻意捏造各種負面傳聞來抹黑我們。」

「狐珠擁有強化九尾狐血脈的能力，它就像一把能讓妳變強大的鑰匙。從現在開始，妳必須將狐珠視為自己身體的一部分。如果狐珠落入他人手中，可能會引發非常可怕的後果。」

「可怕的後果？」

媽媽點點頭：「持有狐珠的人不僅可以控制妳，還能隨心所欲的運用九尾狐的力量。換句話說，只要奪走狐珠，就能操控妳的五條尾巴去做任何壞事。絕對不能讓這種事發生，所以，狐珠一定要隨身攜帶，千萬不能弄丟了。」

我用力的點點頭，媽媽調整了一下呼吸，以平穩的語氣說：「妳不用太擔心，用媽媽頭髮製成的項鍊不可能會斷裂或毀壞，只要妳自己不把項鍊拿下來給別人，狐珠就會永遠與妳形影不離。所以，項鍊絕對不能交到任何人手上，就算是妳最愛的人也不行，知道嗎？」

「只要我一直戴著項鍊不要拿下來，就沒問題啦！」我故意用輕鬆的語氣說，但是媽媽依舊板著臉孔。

「如果眼前出現難以抵擋的強大誘惑，原本妳認為輕而易舉的事情也可能變得不那麼簡單，要是真的有那一天，我希望妳能牢記媽媽的話，我相信丹美一定能明智的思考，做出正確的選擇！」

我點點頭，輕輕撥動脖子上的狐珠。

「至於如何使用狐珠，以後妳會慢慢學會的。」

就像媽媽經常對我說的，我必須自己去找出答案，這次也不例外。

不過，那一晚，媽媽在滿月下對我說的每一句話，都深刻的烙印在我的腦海裡，成為難以抹滅的記憶。

不知不覺間，明亮的滿月再度被烏雲遮蔽。我和媽媽驅車返回露營地點，爸爸溫柔的迎接我們，彷彿對剛剛發生的一切瞭若指掌。他給我一個溫暖的擁抱，輕拍我的背，雖然什麼話也沒說，似乎在告訴我，無論何時，他都會一如既往的在我身邊，默默支持著我。

「呼！好睏呀！」我打著哈欠，裝作一副若無其事的樣子。

「話說回來，丹美還是認真準備表演吧，因為舞臺是一個特別的地方，而狐狸是世界上最出色的動物！」媽媽微微一笑，朝我眨了眨眼。

第4章

混亂的初次排演

終於到了第一次排演的日子，我們要表演莎士比亞的經典作品《羅密歐與茱麗葉》。如果是一個受歡迎的童話故事或漫畫，排演應該會很有趣，真是不懂為什麼學校要指定一個了無新意的劇本。不過，擔任導演的智安似乎對於這個題材相當滿意。

「想看漫畫的話，在網路上看看就好，如果想看童話故事，買書就行了，但是人生第一次上臺表演，當然要選擇經典作品啦！」

這是智安的見解，飾演茱麗葉的允娜也一臉陶醉的說：「這次要演出的劇本竟然是我在試鏡時選擇的作品，這簡直是命中注定！而且，我扮演的還是淒美愛情故事中典型的悲劇女主角！」

「咳咳，大家聽好了！」智安清了清喉嚨，頗有老師的架勢。

「在我們正式排演前，必須先花點時間，熟悉一下這個故事的內容。《羅密歐與茱麗葉》是英國文學巨擘莎士比亞的經典作品，講述兩個出身於世仇家庭的年輕人羅密歐與茱麗葉，一見鍾情墜入愛河，最後以殉情收場，並促使兩個家族化解多年恩怨……」智安語速飛快的說著，似乎早已背得滾瓜爛熟。

「這部劇是莎士比亞的代表作，但意外的是，它並未被列入四大悲劇之中，跟《哈姆雷特》、《奧賽羅》、《馬克白》、《李爾王》這四部經典悲劇相比……」

同學們一開始聚精會神的做筆記，後來卻接二連三的打起哈欠，就連允娜看起來也有點提不起勁，咯咯的啃著鉛筆尾端。智安完全不受影響，繼續說明每個角色的特質與涵義。

「尤其是蒙太古與凱普萊特兩個望族之間的權力鬥爭，故事背景就來自於當時的義大利……」

「啊唔……呼！」我也忍不住打了個哈欠，聽見我拉長音的哈欠聲，其他人紛紛笑了出來。

「喂，孫丹美！在這麼重要的排練時間，妳在做什麼啦？」智安生氣的說。

「抱歉！我不是刻意要搗亂，只是一時忘記現在正在排練。」

「這是一種自然現象，許多人聚集在沒有窗戶的密閉空間裡，二氧化碳的含量增加，人就會因為缺氧而想要打哈欠。再加上打哈欠是會傳染的……啊唔！」旻載出面調解，說完後也打了個哈欠，這讓智安更生氣了。

「缺氧？為什麼要在這裡講那些理論？現在又不是在上科學課，而是在排練表演！」

「沒錯呀！那為什麼不直接排練，反而要大家聽你滔滔不絕的上課呢？」露美說完後聳聳肩，智安像是被說中要害似的，身體微微顫抖。

這時，允娜也氣呼呼的補上一句：「現在有必要研究這種無聊的事情嗎？準備一場完美的表演，不是更重要嗎？」

「話是這麼說沒錯，但我們如果不了解劇情涵義，就貿然開始排演，可能會以錯誤的方式詮釋劇本，所以還是必須先理解基本的故事背景。」智安如此反駁。

「智安，你這樣就對了，你一直嘟囔來嘟囔去的，反而讓大家都清醒了，這才是你的風格呀！」我的話引起一陣哄堂大笑，智安雙手環抱，表情看起來相當不悅。

「好啊！如果你們覺得這樣比較好的話，那我也沒辦法。看來已經不用再多加說明，現在就開始排演吧！」智安翻閱著手上的劇本。

「那麼先從最重要的場景開始，這齣劇的重頭戲就是當茱麗葉看見羅密歐倒在地上後震驚落淚。允娜，妳準備好了嗎？」

「黃智安！怎麼可能直接跳到那一段啊？應該要照劇情流程來排練，這樣才能逐步培養情緒呀！」

允娜大聲提議，但智安並不打算讓步，拉高音量問道：「如果一直這樣意見一堆，排演要怎麼順利進行呢？距離正式表演已經沒多少時間了，如果妳的情緒還沒培養好，那至少先排練動作走位。羅密歐，羅密歐跑去哪裡了？」

站在角落的知浩緩緩舉起手。

「我的天啊……羅密歐是韓知浩。」允娜一臉崩潰的叨念著。

知浩看起來絲毫不在意，悠悠哉哉的走上舞臺，接著「砰」的一聲倒下，身體呈現大字型。允娜像是忘了自己上一秒還在抱怨，馬上切換成演員模式，臉上浮現悲傷神情，接著倒在地上。

「啊！羅密歐！這是怎麼回事？你為何倒地不起？」

其他人見狀都笑了出來，允娜則抬起頭，數落了知浩一頓。

「喂，韓知浩，把眼鏡拿掉啦！我已經很難投入情緒了，看見戴眼鏡的羅密歐會讓我更想笑。」

「眼鏡就像我身體的一部分……而且不戴眼鏡，我什麼都看不見，該怎麼辦？」

「真希望我的視力也不好，這樣我就能把你想像成羅密歐了。」

正當允娜和知浩鬥嘴時，露美在一旁嘀咕：「羅密歐與茱麗葉吵個不停的畫面真有趣，乾脆把劇本改編成這樣吧？」

露美的話讓全場再次笑聲不斷，才第一天排練，允娜卻已經氣呼呼，還有躺在地上努力保持清醒的知浩，以及緊緊握著拳頭、絕望看向天花板的智安，未來的排練似乎充滿了挑戰。

「現在換另外一段，蒙太古家族與凱普萊特家族的男性發生衝突的場景。首先，凱普萊特家族的演員站這邊，握著劍，然後這樣……」智安手上拿著道具劍示範動作。

「黃智安，你不是說動作戲都交給我這個副導演來負責嗎？」

露美走上前質問，智安只好無奈的點點頭。當露美在舞臺一側帶領演員排練動作時，允娜和知浩的爭執還持續著。

「就算是第一次排演，也應該要熟記臺詞呀，不是嗎？」

「怎麼可能第一天就把全部的臺詞都背起來啊？我有時候就連我家的地址都記不住了！」

我看著他們爭執的模樣，真是難以想像，這兩個人將來要在舞臺上演出愛情故事。

「總之，我們先來確認一下服裝。」

智安指著角落的紙箱，裡面裝著戲服，允娜臉上終於露出喜悅的表情，馬上轉過身快步往箱子走去，開始翻找裡面的衣服。每個人都挑選著適合自己角色的戲服，不過，允娜要穿的茱麗葉服裝卻出現了問題。

不管從哪個角度看，這都只是一件破舊、褪色又脫線的衣服。允娜跌坐在地上，怒氣沖沖的說：「女主角的衣服不應該是這個樣子吧？這麼平凡又窮酸，合理嗎？」

知浩依舊是一副事不關己的樣子，在旁邊默默不語，智安則再次抬頭看向天花板，深深的嘆了一口氣。

在這陣兵荒馬亂中，我百無聊賴的坐在角落發呆。三葉草這個角色有一套代代相傳的固定戲服，不需要挑選，因為沒有臺詞，所以也不必排練，真是輕鬆又省力啊！雖然我不太喜歡那套淺綠色葉子造型的戲服，但是往好處想，葉子可以垂下來遮住我的臉，就算打瞌睡也不會被發現。

當我想到眼前這場令人頭痛的混亂與自己無關時，我的心情再次變得無比平靜。如果不是那位躲在暗處的綠髮女孩用調皮的眼神直盯著我，我可能早就睡著了。

綠髮女孩坐在一片黑暗的觀眾席裡，用手托著下巴，興味十足的看著我，我驚訝得目瞪口呆。剛才，她還隱匿在黑暗中，下一秒，卻如閃電般出現在我身後，拍拍我的肩膀後，再次消失得無影無蹤。

「妳怎麼可以這麼隨意就現身？而且是第二次了！」我對著若無其事爬上道具箱的綠髮女孩大聲喊道。我小心翼翼的避開其他人的目光，溜到舞臺後方，綠髮女孩的出現讓我心跳加速，緊張得幾乎無法呼吸。

「因為看到你們爭論不休，所以我才想代替你們上臺表演，舞臺是一個帶給大家夢想的地方，你們竟然在這裡吵架……真的是太糟糕了，比起你們這些什麼都不懂的小孩，我更……」綠髮女孩話講到一半，猛然瞪大了雙眼。

「妳……那是狐珠吧？」

她直盯著我的脖子這麼說，我把狐珠藏在衣服底下，但似乎瞞不過她的眼睛。

「妳怎麼知道的？我還刻意用衣服遮住狐珠呢！」我的話還沒說完，綠髮女孩就拉著我的手，興奮得跳來跳去。

「我怎麼可能不知道呢？我收回剛才說的話，妳就是這個世界上最酷的狐狸！不對，應該說，妳即將成為這個世界上最酷的狐狸，有狐珠跟我的幫助，妳一定會成功！」

「冷靜點，我連怎麼使用狐珠都還不知道呢！」

綠髮女孩突然停止跳躍，以認真的眼神看著我：「現在的妳當然不知道，因為尾巴的職責之一，就是教妳如何使用狐珠，接下來妳可得看仔細了！」

綠髮女孩翻了個筋斗，便化身為一隻翠綠色的狐狸。綠色狐狸豎起尾巴，並指向我的脖子，被衣服掩蓋住的狐珠突然散發出一道光芒，散射到狐狸尾巴上，形成連結。接著，狐狸周圍逐漸浮現出淺綠色的輪廓線，彷彿一層光暈包圍著她的身體。

「啊！力量好像變強了？我感覺全身充滿能量！」綠色狐狸興奮的喃喃自語，不停的翻著筋斗。

令人驚訝的事情發生了，每當狐狸翻一次筋斗，她的造型就會變換一次，從羅賓漢、海盜船長到阿拉伯公主，甚至還變成小天使！綠色狐狸似乎能變身成任何人物，這情景讓我完全看傻了眼。不過，如果她再這樣繼續變下去，一定會引起其他人的注意。

「到此為止！」

我壓低音量說道，不自覺的將力量集中在狐珠上。沒想到，才剛變成恐怖吸血鬼的狐狸，瞬間跌倒在地，變回原本的模樣。

「不好意思，我已經見識過妳的能力，確實很厲害，不過狐珠是屬於我的，我才是狐珠的主人！」

「陛下！您說的對！若有冒犯之處，懇請見諒，那麼我就此告別！」

綠色尾巴的表現極為浮誇，就像故事《穿長靴的貓》裡那隻機靈的貓。她像閃電般消失在我背後，瞬間不見蹤影。

我再次回到舞臺前，看見同學們仍然吵成一片，慶幸的是，這場混亂沒有讓任何人發現我暫時離開。大家都堅持己見，不願意退讓，於是每個人只能繼續提高音量，爭執聲此起彼落。老師之所以放心讓我們自己進行排演，是因為信任我們的能力，要是老師看到現在這喧鬧混亂的狀況，一定會氣得大聲責罵。

「別吵了！」

當我大聲喊出這句話後，所有人的目光都不約而同看向我。身為微不足道的三葉草三號，或許不該發出這麼大的聲音引人注目？

「你們又不是食人魚，不要再互相咬來咬去了！」我不假思索的說出這句話，大家立刻現出驚訝疑惑的神情。

「我的意思是說……今天才第一次排演，大家別這麼心急，先專注在自己的角色上，其他問題以後再慢慢解決。」

我支支吾吾的解釋，令人意外的是，同學們竟然認同我的意見，紛紛點頭，看來大家的內心都期待著有人能出來緩和場面。

我對智安說：「我有一個建議。」

「什麼建議？」

「目前沒有人負責管理道具，雖然可以從學校現有的衣服和道具庫裡挑選，但是茱麗葉的戲服看起來有點樸素，如果可以找到一些合適的配飾，應該會讓茱麗葉更亮眼，這項工作可以交給我嗎？」

「由孫丹美來負責？」允娜的語氣有濃濃的質疑意味。

「嗯，反正我這個三葉草三號並不重要，同時負責管理道具也不是什麼大問題吧？妳應該知道我的夢想是成為網路漫畫家，在畫畫時為角色設計出合適的服裝和配飾。我的想法是，要凸顯茱麗葉的獨特魅力，那就是在這件洋裝上加一個特別的配飾，應該能為表演加分。」

「妳說的沒錯！孫丹美，沒想到妳對時尚有這麼獨到的見解！」我的意見讓允娜喜出望外。

「這麼說來，如果要找到理想的舞臺背景，也需要花不少時間，我去找幾張不錯的背景圖給妳參考。」

「我也得認真研究一下舞臺音響，畢竟舞臺是測試聲音與空間契合度的最佳場所。」

旻載和詩浩輪流說完後，智安的情緒似乎平靜許多，他說：「沒錯，今天只是排演的第一天，我的要求似乎有點嚴苛了，無論如何，直到舞臺劇結束之前，我們都是一個團隊，一起加油吧！」

於是，第一次的排演勉強畫下了句點。正當我準備回教室時，有人從後面拍了拍我的肩膀，我轉頭看見笑容燦爛的允娜。

「孫丹美，謝謝妳！」

「啊？謝什麼？」

「妳這麼為我著想，我真的好感動。」

「喔，那個呀，我只是剛好想到而已啦！」

「是嗎？」

對於我的冷淡回應，允娜看來有些不滿，還默默嘖了一聲。

「那我現在去找一些配件，找到了再給妳看，到時候我們再從中挑選適合的。」

我以為我們的話題就此結束了，正打算離開，沒想到允娜躊躇著又叫住我。

「丹美！方便的話，我可以和妳一起去找配件嗎？」

「一起？妳跟我兩個人？」

「嗯，既然要特地去挑，我想親自挑選。」允娜滿臉雀躍的說。

我想了想，然後點頭答應了她。此時，我也深深感覺到，舞臺劇的準備工作真是一個漫長又艱辛的過程啊！

第5章

與允娜獨處

如果露美也能一起來就好了，但是她今天要去足球社團，已經提前離開了。雖然我在四年級時和允娜是同班同學，不過像這樣只有兩個人單獨逛街，還是感覺有些不自在，這大概就是愛恨交織的矛盾心情吧？

我們兩個默默的走著，彼此保持著適當距離，每次在路口等紅燈時，允娜就會低頭看手機。我無意間瞥了一眼，螢幕上播放著偶像的唱跳影片。正如允娜所說，她所有的心思都放在歌唱和舞蹈上面。

「『海藍寶石』的出道準備還順利嗎？」因為我實在想不到話題，所以只好順口問了一句。

允娜沒有移開目光，依舊盯著手機，低聲回應：「不知道，不過總有一天會出道的。」

「我覺得妳真的很有明星特質。」

允娜聽見我這麼說，馬上抬起頭，一掃之前的冷淡表情，眼神瞬間變得明亮，整個人神采奕奕。

「這還用說嗎？不管有多麼疲憊，只要有上臺的機會，我就會盡情表演。對了，我們要去哪裡呀？這附近有賣戲劇服裝和道具的商店嗎？」

「等一下，再往前走三步就行了，一、二、三，妳看！」

我們走過轉角，眼前出現一家商店，我誇張的張開雙臂向允娜示意，那是一家散發出溫暖光芒的小店。

我帶允娜來的地方，正是媽媽的工作室，允娜滿懷好奇的推開門走了進去，門口隨之響起熟悉的清脆鈴鐺聲，接著，店內傳來媽媽溫柔的招呼聲。

「歡迎光臨！」

「哇！太酷了！」允娜忍不住驚呼。

媽媽經常為工作室變換布置主題，這次的主題是「綠葉」，整個空間瀰漫著一片綠意，我們彷彿置身於森林之中，感受著夏天即將來臨的清新氣息。

「咦，丹美呀？怎麼跑來店裡了？妳帶朋友一起來嗎？」媽媽發現是我來了，疑惑的問道。

一旁的允娜則驚訝的睜大雙眼說：「這是妳媽媽開的店嗎？」

我相當自豪的點點頭，在我心裡，媽媽的工作室就是一個這麼棒的

IZZY

地方，值得向所有人炫耀。

「嗚哇，這裡真的太夢幻了！對了，得先打招呼才對。您好！我是即將出道的偶像團體『海藍寶石』裡的白允娜，請多多指教！」

允娜彬彬有禮的向媽媽問好，語氣自然流暢，就像是一位已經出道的偶像歌手。媽媽也以笑容回應：「原來妳就是允娜啊！我經常聽丹美提起妳。」

我好像從來沒說過允娜的好話……媽媽為

什麼要說這句啦！我站在允娜背後，手指輕輕抵住嘴脣，示意媽媽別再說下去，但媽媽只是挑了挑眉，裝作什麼都不知道的樣子。

「我們正在準備一場舞臺劇，因為需要一些道具所以來到這裡，不過我們的預算有限，請問能不能用租借的方式來代替購買呢？」雖然我是老闆女兒，但是我試圖以客人的身分與媽媽商量條件。

「原本是不行的，但如果妳能幫我暫時顧店當作交換條件，我就破例答應妳的請求。正好我要出去一趟，那麼店裡就交給妳啦！」媽媽也以一位親切大方老闆的身分回應我，說完後就離開了。

「這家店真的好酷！」允娜一邊環顧店內，一邊說著。

「妳也這麼覺得吧？」我說。

「來到這樣的的地方，我突然湧現出一股特別的感受。因為我媽媽一直都很忙，所以陪伴我的時間並不多。或許正因為如此，我才那麼渴望成為舞臺上的主角，這樣一來，爸爸媽媽就會更關心我了。」允娜說完，便失落的低下頭。

「別擔心！這間店的配件一定可以讓妳成為世界上最耀眼的茱麗葉！」我的話讓允娜眼睛一亮。

「真的嗎？」

「當然，妳會是這世上獨一無二的超棒茱麗葉！妳覺得呢？」

「好！」允娜興奮的跳了起來並高聲歡呼。我迅速掃視店內，一頂華麗的綠色帽子吸引了我的目光，它裝飾著一根黃綠色羽毛，側邊點綴著鮮紅色果實，散發出盛夏叢林的活潑氣息。

「這個如何？」

我將帽子遞給允娜，她將帽子斜戴在頭上，隨即拉高聲調說：「真有默契，我剛剛也注意到這頂帽子。來找我吧，羅密歐！」

「看起來不像茱麗葉，反倒像虎克船長？」我這句話逗得允娜哈哈大笑。

「戴上這頂帽子，內心似乎湧現出更多勇氣。應該說，這頂帽子似

IZZY

乎能讓我成為一個自信又勇敢的茱麗葉！」

「那我們就向智安提出這個建議吧，與其當一個悲劇女主角，不如成為一個勇敢的茱麗葉，更符合妳的風格。」

「真的嗎？孫丹美，沒想到妳這麼有才華！」允娜整個人容光煥發。就在這時，店門被推開，有人走了進來。沒想到，竟然是萊兒這位不速之客！

「嗨。」萊兒神情冷漠的開口，彷彿在宣示自己的到來。

「妳來這裡做什麼？」我的語氣相當不友善。

「來做什麼？我只是路過，覺得這家店好像很不錯，就走進來啦！」

萊兒以一副「你能奈我何」的表情這麼說。

「而且，我也是三葉草喔，妳忘了嗎？」

「什麼？妳也是？」

「是啊，我一直在妳旁邊……妳該不會都沒有發現吧？」她故作驚訝的問道。

我的腦海裡迅速浮現出一個畫面，我穿著三葉草服裝站在舞臺上，站在我旁邊的人，因為全身穿著戲服，所以看不清楚長相。當時我以為那是其他班的學生，沒想到竟然是萊兒？現在她又剛好經過這家店，還特地走了進來？這真的只是巧合嗎？

「好吧，既然如此，妳就好好的逛一下吧，因為這家店裡有很多好東西。」我壓抑住自己的情緒，對萊兒這麼說。

萊兒環顧店內，彷彿在尋找獵物，銳利的

目光滴水不漏的掃視每個角落。下一秒，她猛然轉過頭，指著我的脖子。

「我看到想要的東西了，就是妳脖子上的項鍊。」

「項……項鍊？」我驚嚇得聲音都顫抖起來。

原本藏在衣服底下的項鍊，不知何時竟然滑了出來，萊兒緩緩逼近，仔細檢視我的狐珠。

「沒錯，就是這個！」

「妳在胡說八道些什麼啊？這是我的項鍊，並不是店裡販售的商品！」我連忙說道。儘管萊兒的要求荒唐至極，毫無道理可言，但不知為何，我的心跳卻不由自主的加快，內心湧起一股莫名的不安。

「有這種規定嗎？只要妳一句話，想怎麼做就可以怎麼做，不是嗎？」萊兒露出了陰沉的冷笑，又向我逼近了一步，緊接著，把我從這困境中拯救出來的人是允娜。

「喂！杜萊美！還是杜美淑來著？總之！」耳邊傳來了允娜清亮高亢的聲音。

「我的名字是萊兒，杜萊兒。」萊兒不滿的緊皺起眉頭。

「不好意思，我和孫丹美正在準備我們神聖的表演服裝，妳可以不要來打擾我們嗎？」

雖然平時我並不喜歡允娜那帶刺的語氣，但是，此刻我卻非常期待她開口。

允娜繼續說道：「妳來商店應該是要購物吧？結果一開口就想拿別人的項鍊，妳不覺得太誇張了嗎？要不要把妳身上的衣服也借我當戲服啊？看起來這麼像雨傘，應該很適合在下雨的場景穿吧！」

「這、這是我的衣服！這對我來說很重要……」萊兒有點慌張，一邊支支吾吾的回應，一邊用雙手抓緊自己的衣服。

「是呀，妳的衣服當然是妳的，孫丹美的項鍊當然也是孫丹美的，我們都用常識來判斷，不就很清楚了嗎？」

允娜雙臂環抱在胸前，做出結論，萊兒氣得說不出話，只好準備離開，我和允娜四目相對，不約而同的露出笑容。

「三葉草二號，舞臺上相見啦！」當我得意的向萊兒告別時，她忽然轉頭說：「我勸妳小心點，因為舞臺上遍布著危險！」

萊兒說完後便走出店門，消失在小巷深處，就在那一瞬間，似乎有什麼東西從空中閃過，但除了我之外，沒有人注意到。允娜早已將萊兒的事拋在腦後，一邊哼著歌，一邊陶醉的在鏡子前擺出各種姿勢，彷彿剛才的不愉快從未發生過。

「允娜，妳有聽過『蓑衣鬼』嗎？」我壓低聲音問道。

「蓑衣鬼？」允娜皺起眉頭，疑惑的看著我說：「沒聽過，它長什麼樣子呢？」

「我是在一本書上看到的……算了，不是什麼重要的事。」

我主動結束了話題，現在沒時間去探究萊兒的祕密，我們之所以會在這裡，是為了好好準備這次的舞臺劇。允娜認真調整好帽子的角度後，終於露出滿意的笑容。

「嗯！我準備好了，我好像終於明白該怎麼去詮釋茱麗葉了，謝謝妳，孫丹美！」允娜自信的向我舉起手，我也立刻與她擊掌，發出響亮的拍擊聲。

第6章

爆發衝突

之後的排演進行得十分順利，舞臺布景也已定案，大家穿上準備好的戲服，依照智安的指導全力投入排演。

最大的變化是，允娜對茱麗葉角色的重新詮釋，一如我們之前所討

論的那樣。她告訴智安，她想演出的不是一個純真又柔弱的少女，而是一個勇敢又堅強的茱麗葉。她將主動尋找阻礙她與羅密歐相愛的真相，並揭示兩大家族對立的根源。

因此，這齣戲的最後一幕也做了改編，茱麗葉看見倒地的羅密歐而傷心欲絕，但隨後，她拿起牆上那頂羅密歐的羽毛帽戴上，為了釐清這個謎團而勇敢的走出去，宛如一名準備追查事件真相的偵探。

於是，我從媽媽工作室借來的綠色羽毛帽也被賦予了重要意義。如果一切按計畫進行，這場表演應該能順利完成。只是，每當我以為一切都很順利時，總會有爭執發生，而其中最容易引起風波的就是允娜，這也是我最擔心的事情。

某天，排演已接近尾聲，我照常穿著三葉草戲服坐在舞臺後側，恰好與站在我旁邊的萊兒四目相對。在與她對視之前，我根本沒有發現她的存在，也完全沒注意到她是從哪裡冒出來的，好像她就這麼突然出現在我身邊。穿著綠葉造型戲服的萊兒，不管怎麼看，都散發著一種詭異的感覺。

「又嚇到了？不要這麼驚訝，不是妳沒看見我，而是我能隱藏自己。無論如何，真高興可以站在妳身邊，這樣我就能更仔細觀察妳了。」

萊兒那詭異的眼神與低沉的嗓音，讓我不禁渾身起雞皮疙瘩。她的話聽起來並不像想和我親近，反而更像是有所意圖。似乎想從我這裡得到什麼，才故意在我身邊徘徊。不過，我才不會被她牽著鼻子走，於是我故意轉移話題。

「對了，妳知道嗎？其實總共有三個人飾演三葉草喔，除了妳和我之外，還有一個人，現在還不知道是誰，直到表演那天才會當場揭曉，妳有什麼線索嗎？」

「老實說，我一點也不想知道，就算只有我們兩個人演也沒差吧，我們頭上的葉子不是都有三片嗎？」

我把目光移向萊兒頭頂，真奇怪，萊兒頭上的葉子只有兩片。

萊兒勾起嘴角，似笑非笑的說：「三葉草未免也太無聊太平凡了，我可不是這麼普通的人。仔細看看，妳頭上的葉子也只有兩片啊！」

聽見萊兒這麼說，我連忙伸手確認，竟然真的只有兩片葉子！

「怎麼會這樣？我記得之前明明有三片葉子啊……妳做了什麼？為什麼我們的葉子都變成兩片？」我焦急的質問萊兒。

「妳在說什麼啊？我可是一直都有三片葉子呢！」萊兒揚起嘴角，語氣聽來相當諷刺。我再仔細一看，她頭上的葉子竟然又變回三片，剛才明明只有兩片，難道是我眼花了嗎？我連忙揉了揉眼睛。

「好玩吧？我只是開了個小玩笑。看大家都這麼認真，實在太無趣了，反正演出到最後也不會成功，這麼努力不是很可笑嗎？」

「不會成功？雖然第一次排演不太順利，但現在一切都已經漸入佳境了啊！」

「妳真的這麼認為嗎？」萊兒話音剛落，布景裡的蘋果樹道具突然左搖右晃，然後「砰」的一聲倒在舞臺上。

「怎麼會這樣？我明明把樹做得很穩固呀……」旻載一臉慌張，急忙把樹扶起來。

突如其來的狀況打斷了允娜表演，她相當不滿的開口抱怨：「旻載，平時桌上的東西掉下來就算了，但演出布景竟然整個倒下來，這會不會太誇張啊？」

旻載被她一頓埋怨後，悶悶不樂的低下頭。排演重新開始，但過沒多久，又傳來一道響亮的責罵聲——依然是允娜的聲音。

「知浩，你怎麼到現在都還沒把臺詞背好啊？」

「我有背熟，可能對演戲還不太上手。」知浩支支吾吾的回答。

「你這樣有背和沒背有什麼差別？」

「允娜，妳先別激動，還有很多時間可以練習。等等這場戲需要兩側的燈同時打開，善柔，妳準備好了嗎？」

負責控制燈光的善柔聽見智安的指示，遲疑了一下，才按下燈光開關。然而，只聽見「喀」的一聲，卻沒有亮燈。

「奇怪，剛剛都還很正常啊……」善柔原本柔弱的嗓音越說越小聲。

就在這時，我聽到有東西掉落在地上的聲音。仔細一看，是允娜把手上的劇本丟到地上。

「為什麼沒有一個人把自己的工作做好？」允娜高聲指責大家。

「就只有我一個人認真準備嗎？你們根本都不用心！」

看得出來她相當生氣，若要形容得更準確一點，語氣有點像是電視節目裡的經紀人正在訓斥偶像練習生。

智安眉頭深鎖的說：「白允娜，妳說這話是什麼意思？」

「我有說錯嗎？順帶一提，黃智安，你最近很少參加『海藍寶石』的培訓，既然有這麼多時間，不是應該把排演準備得更完美嗎？」

「什麼？我正在盡我所能的把工作做好啊！」

「把工作做好？布景倒了、演員臺詞說不好、燈光也要亮不亮的，你覺得這樣算是好嗎？」

「妳講完了嗎？」

「還沒，我還有很多話想說。」允娜氣呼呼的說。這時，有人出聲打斷了她。

「喂，白允娜。」

詩浩那冷靜清亮的嗓音在臺上迴盪，雖然音量不大，但現場氣氛好像被潑了一桶冰水般，瞬間冷卻下來。

「要不要乾脆打造一個只有妳一人表演的舞臺劇啊？我們又不是只為了襯托妳而存在的。」

詩浩的話讓所有人不由自主的屏住呼吸，緊張得嚥了好幾次口水。

她沒有流露出怒意，卻冷靜而犀利，真不愧是詩浩。

允娜似乎想反駁，卻只是緊握著拳頭，全身顫抖的站在原地，一句話都說不出口。

「哇，氣氛超僵的。」

不知是誰說了這句話，允娜的臉逐漸變得通紅，詩浩的話似乎成了導火線，其他人也一個接著一個說出對允娜的不滿。

「詩浩說得對，就算妳言之有理，但妳用那種說法也太過分了。」

「就是呀，排演也才開始沒多久，道具樹會倒下來我也感到很抱歉，但我已經很努力準備了。如果辛苦過後卻只得到譴責，那誰還想繼續做呀？」

善柔說完之後，旻載也為自己辯護，陷入窘境的允娜望向露美，似乎想找救兵，但露美只是聳聳肩說：「允娜，妳有點太心急了，這不是讓妳一個人出風頭的表演。」

「我從來沒說過這種話，也從不曾這麼想過。我只是想把舞臺劇演好，這樣也錯了嗎？有些事情出錯了，難道默默看著，什麼都不說會比較好嗎？」允娜以顫抖的聲音反駁著。

她的表情充滿怒意，但意外的是，我看見她的眼眶充滿淚水。就事論事，允娜指出的那些點都沒有錯，她並沒有想特別凸顯自己，只是想讓舞臺劇呈現得更完美。不過，除了我之外，其他人似乎不這麼想。

受到眾人圍攻的允娜，完全失去主角的光環，淚水從她臉上滑落。

我以為允娜會再度反擊，畢竟我所認識的她是一個絕不服輸的人。

然而，出乎我的意料，允娜低下頭，無力的說道：「對，妳們說的

沒錯，看來我並不適合這個舞臺，對吧？」

允娜抬起頭，逐一掃視每個人的臉，彷彿在等待最後的確認，但是卻沒有一個人回應她。允娜一言不發，拿下頭上的羽毛帽，默默的放在桌子上。

「那你們找更適合的人來演吧。」

大家還來不及反應，允娜便已轉身離去，也就是說，這齣舞臺劇現在變成沒有主角的戲。每個人的表情都相當凝重，只有萊兒一個人嘴角帶著微笑，似乎早已預料到這一切！

第7章

重責大任

允娜離開後，其他人有好一陣子都像被按了暫停鍵似的，定格在原地。

過沒多久，響起此起彼落的嘈雜聲。

「唉，到底為什麼一定要參加舞臺劇啊？」

「就是說嘛，其實我早就覺得這不可能會順利。」

「對呀，硬把大家湊在一起真的很煩！」

「非得要辦這種團體活動不可嗎？像去年的冷颼颼露營日也是一樣，每次學校舉辦這種團體活動，就一定沒有好事發生。」

「沒錯，總是會惹出一大堆麻煩，就讓那些有才藝的人上臺表演不就行了嗎？」

「好了，大家都冷靜下來，你們的想法也都沒錯，有時候難免會覺得這一點也不有趣。」面有難色的智安試圖安撫大家的情緒。

「但是，老師也說過，學校舉辦這場戲劇節，主要是希望五年級的學生能夠在從籌備到演出的過程中累積各種經驗。」智安的語氣一反常態的認真。

「就算她不在，我們還是要繼續練習，光抱怨也無濟於事，總不能就這樣什麼都不做吧？雖然現在沒有茱麗葉……」聽見智安這麼說，知浩笑了出來。

「還是假裝茱麗葉變成隱形人？找一個人在旁邊念她的臺詞，我就對著空氣演羅密歐，如何？」

「知浩，一點也不好笑，這種玩笑只適合在家裡說。」詩浩面無表情打消他的念頭，知浩不好意思的搔了搔頭。

姐姐的威力果然不同，被詩浩這麼一說，知浩就不再嘻皮笑臉了。

智安看來相當煩躁，緊皺著眉頭說：「既然允娜說要退出，女主角就得換人來演了，有沒有人自願接演這個角色呢？」

不出所料，沒有人舉手，但就算有其他人來演茱麗葉，應該也很難像允娜那樣，投入滿腔的熱忱去詮釋這個角色。

「那麼，我們先從沒有茱麗葉的場景開始排演吧，不能再繼續浪費時間了。」智安說完後，其他人一臉心不甘情不願的動了起來。

「今天就先練習走位和臺詞吧，允娜，啊不對，茱麗葉的臺詞就由我來念。蒙太古家族的演員先走到那邊，等等，這樣兩派人馬會混在一起，所以凱普萊特家族往另一邊走……這時候茱麗葉的臺詞是什麼？『啊！茱麗葉！』……好像不是這句，對了，我現在是茱麗葉，所以要喊羅密歐的名字才對，『啊！羅密歐！』……」

這時，副導演露美忍不住開口喊道：「簡直是亂七八糟，這樣應該不行吧？」

其他人都因為露美的這句話而停下了動作。

「又不是在玩扮家家酒，現在根本就是一團混亂。」

好幾個同學都對露美的話頻頻點頭，表示贊同。

「那妳說怎麼辦？就快要演出了，不能就這樣坐以待斃呀！」

「正是因為如此，才更需要好好規劃，像個無頭蒼蠅似的盲目進行也不對呀！」

智安對露美的意見提出反駁：「你說我像無頭蒼蠅？我身為導演，絞盡腦汁想要努力做點什麼，那種孤軍奮戰的感覺，你們懂嗎？」

智安雙手不停的搔頭，情緒相當焦躁。他手裡拿著皺巴巴的劇本，頭髮蓬亂的模樣，真的很像一個懷才不遇的藝術家。

詩浩看著這樣的智安忍不住噗哧一笑，頓時激起智安的怒氣。

「喂，韓詩浩，有什麼好笑的？說實話，事情會落到這個地步，都是因為妳惹惱允娜。」

「什麼啊……我只不過是說出大家的想法，事到如今竟然都推到我身上。」

詩浩冷靜的回應讓現場的氣氛更加凝重。這種情況如果持續下去，別說是呈現一場精彩演出，大家能否順利上臺都是個問題。雖然我只是一個三葉草三號這樣的小角色，但也不希望看到這種結果。在場的每個人，最初都抱著同樣的心願，想要齊心協力完成這場演出，現在卻如此分崩離析，為什麼排演就是沒辦法順利進行呢？

激動的智安突然看向我說：「孫丹美！妳今天怎麼特別安靜？妳有沒有什麼好方法？」

突如其來的提問雖然讓我有點驚訝，但既然問到我的想法，乾脆想到什麼就說什麼。

「我認為……應該要調整一下你的方案。」

「什麼？」

「你剛剛說，要在沒有允娜的情況下繼續排練，但我覺得，我們難道不該說服允娜回來嗎？畢竟，距離正式演出已經沒剩多少時間了。」

「是她自己一走了之的，妳知道白允娜一旦生氣，就很難收場嗎？看來你們都不懂她到底有多麼固執。」智安不停抱怨著。

「雖然她的態度不太好，但是說實話，沒有人比她更認真投入這場表演了。」

智安聽完我的話，陷入沉思。看來除了讓允娜改變心意，回來繼續排演之外，他也想不到其他辦法了。

「那由誰負責去說服她呢？」

智安環視了一圈，最後把目光停在旻載的臉上，旻載慌張的連退了兩步，急忙搖頭說：「我沒辦法啦，要是我在允娜面前又掉了什麼東西怎麼辦？唉，光用想的我就害怕，黃智安你去呀，你是導演！」

「導演不在就沒辦法排演了啊，而且我還有很多其他事情要處理。不好意思，雖然我跟允娜是同一個偶像團體的成員，但就算有這層交情也還是做不到，對我來說太可怕了，總之就是沒辦法啦！」

智安一副避之唯恐不及的樣子，拚了命搖頭，動作誇張到全身都為之顫動，頭髮也跟著亂甩。

「詩浩呢？如果是詩浩，應該可以心平氣和的說服她吧？」

智安似乎忘了自己剛才還把責任全都推給詩浩，此刻的他用懇求的眼神看向詩浩。

「我去的話，立場豈不是很錯亂嗎？你剛剛才說，是因為我說的那句話讓她不想演了。」

詩浩這麼說也有道理，智安沮喪的低下頭，又突然抬頭看向我，眼神瞬間變得明亮。

「在這個時候，要是有一個可靠的人就好了，比方說從幼兒園就認識到現在……」智安開始一步步朝我的方向靠近。

「而且飾演的角色完全不重要，也沒有和主角有什麼心結……」

「知道了，知道了，我去總行了吧？」我如此回應，智安聽見我這麼爽快就答應，開心的跳了起來。

「超級感謝妳啦！真不愧是我的老朋友！」

「你再說我就不去了喔！」聽到我這句話，智安馬上閉嘴，動作誇張的用雙手摀住嘴巴。

「我無法保證一定能說動她，要說服一個人改變心意並不是一件容易的事。」

「丹美，這陣子最常跟允娜相處的人就是妳了，我相信妳一定能辦到。」

「對啊，在老師來之前，趕快去勸她回來吧！我們會和智安一起努力，把這場舞臺劇準備好的！」

詩浩與露美也在一旁推波助瀾，突然間，我感覺自己

肩上彷彿背負了一個重責大任，周圍每個人都對我投以加油的眼神。

不管嘴上再怎麼抱怨，其實大家內心都還是期待能夠好好完成這個表演吧？我輕輕嘆了一口氣。

緊閉心門的允娜，真的有可能回心轉意嗎？站在我身旁的萊兒，卻露出一抹不懷好意的微笑，彷彿期待著事情走向無可挽回的局面。

於是，舞臺上最平凡、最不起眼的三葉草三號——孫丹美，意外成為這場表演最關鍵的角色，被賦予解決問題的重大任務，那就是去說服世界上最高傲的茱麗葉！

第8章

說服大作戰

我對允娜的去向感到毫無頭緒，決定先朝後臺的方向走去。突然間，當初為了尋找某些人而東奔西跑的記憶逐一浮現在腦海——努力尋覓隱匿在陰影中的權杰；為了挽回與露美的友情，不顧一切的前往允

娜的經紀公司；為了找回失蹤的紅色尾巴而四處奔波。然而這一次，我不想召喚出方向尾巴來指引我，最主要的原因是，一想到要花費心力去解釋與說服，我便感到十分疲憊。

「唉……要嘗試去改變一個人的想法，一點意思也沒有。」我停下腳步這麼嘀咕著。就在這時，一個開朗的聲音打斷了我。

「妳說錯了，怎麼會沒意思呢？這簡直太有趣了！」

原來是綠色尾巴，她正搖擺著翠綠色的尾巴，以清澈明亮的目光看著我。

「妳可以把這裡當作一個劇場舞臺，妳的任務非常重要——就是去找到某個人。」綠色尾巴清了清喉嚨，繼續說：「為了尋找那位意志消沉的朋友，妳將展開一場偉大的冒險。把妳那軟弱的低語變成愉快的歌聲，把妳那沉重的步伐變成輕快的舞步，讓這場冒險成為一齣完美的歌舞表演。」

綠色尾巴的話語漸漸有了韻律，說著說著竟然開始唱了起來。

不需要任何人的幫助，

只要妳自己一人就足夠了。

白允娜就在附近的某處，

調動靈敏的嗅覺就能發現，
閉上雙眼就看不到！
垂頭喪氣的茱麗葉允娜呀，
妳就是負責找出她的幸運三葉草！

我的肩膀不自覺跟著綠色尾巴的表演節奏擺動起來，她以高亢的歌聲唱完一曲，接著我走向後臺，駐足在更衣室門前。我輕輕推開門，在那間沒開燈的更衣室裡，看到允娜的背影。果然，白允娜怎麼可能離舞臺太遠呢！

「允娜！」

允娜聽見我的聲音後，驚訝的轉過頭來，臉上滿是淚水。

「讓我一個人靜一靜。」允娜的聲音有些顫抖。

「別這麼說，回去吧！這齣戲的茱麗葉依然是妳，不會改變。」

「拜託妳別管我，妳應該也有想要自己獨處的時候吧。」

「當然有啊。」我低聲說道。

說實話，我真想乾脆就這麼退出這場表演。每個人都覺得自己才是舞臺上的主角，根本容不下別人的意見，詩浩說得沒錯，表現最明顯的莫過於允娜了，要體諒她並不是件容易的事。就在這時，允娜開口了，但她的聲音輕得幾乎聽不見。

「每次都是這樣，剛開始的時候一切看起來都很順利，當初我被選為練習生時也是這樣，第一次報名就通過知名經紀公司的徵選，原以為之後也會很順利的出道。可是，我和組裡的智安處得並不好，出道時間也一直沒有定案。我爸媽總是忙得沒空理我，但媽媽說如果這次我飾演重要的角色，她一定會來看我，所以，我真的很想成為主角，因為只有在這些對他們來說特別重要的時刻，他們才會出現，我想要成為舞臺上最耀眼的人，但現在一切都毀了！」

允娜的表情看起來相當落寞，曾經那個充滿自信、無所畏懼的白允娜去哪裡了？我不知道該對她說些什麼，想安慰她但是又怕說錯話，這樣只會讓氣氛更尷尬。想到大家還在等我把她帶回舞臺，我的心情變得越來越焦躁。這時，我突然覺得，如果我能像紅色尾巴那樣，懂得如何說服別人改變心意就好了……就在這一瞬間，我的腦海閃過一個超棒的點子——現在正是測試狐珠力量的絕佳時機！

我一點一滴的將注意力集中到狐珠上，很快開始感覺體內的能量正慢慢的凝聚到狐珠裡面。此刻，我所有的能量彷彿都被狐珠吸了進去，我感到頭暈目眩、全身顫抖，就像感冒發燒時會有的症狀。

就在我覺得自己已經撐不住，即將要倒下的時候，狐珠裡凝聚的力量突然間就像電流般傳回到我的體內，就連我的四肢末端也為之顫抖。

此刻，我的全身都能感受到這股強大的能量，我和綠色尾巴已經融為一體了！像是變身成另一個人，我一躍便跳上置物箱，開始唱起歌來。

我是平凡無奇的三葉草，
而且還是排在第三的三葉草。
由我來負責勸說白允娜，
她有點蠻橫、有點討厭，卻很重感情，
相處後才會明白她其實很善良。

回來吧，回到屬於妳的舞臺上，
回到大家同心協力的舞臺上，
快回來吧，茱麗葉！

允娜驚訝的瞪大了雙眼。

我是超酷的小配角！
雖然只不過是株三葉草，
為了找妳而來到這裡。

因為，妳必須站上舞臺，
這樣我才能在臺上現身。
儘管沒那麼喜歡妳，
但妳的出色無庸置疑！

原本眉開眼笑的允娜，聽到這裡突然板起了臉。

「什麼？妳沒那麼喜歡我？」

「那只是歌詞啦！」我的回應讓允娜噗哧一笑，她隨著拍子搖擺，接著也開口吟唱。

如果妳夠了解我的話，
就知道我多麼想站上舞臺。
但一切為時已晚，
我自己說要退出，
現在已無可挽回！

在允娜唱完一段落之後，我也以歌聲回應她。

每個人都會犯錯，

這才會顯得結局更加精彩可期。
在舞臺上呈現出妳最真實的一面，
盡情展現，讓大家驚豔，
唯有大家團結一心，
才是最完美的表演！

我一邊和允娜唱著歌，一邊打開更衣室的燈。化妝鏡周圍的燈泡亮起，光影映照之下，更衣室充滿了奇幻的氣氛。

當我唱到最後一小節時，我將綠色羽毛帽遞給允娜。她伸手接了過去並戴在頭上，慷慨激昂的喊出：

「啊！羅密歐！」

不知從什麼時候開始，其他人聚集在更衣室外面，從門縫裡好奇的探頭往裡面看。不過，專心投入表演的允娜閉著眼睛，並沒有發現。

「我一定會查明真相，挽救這一切！」

話音剛落，門外傳來熱烈的掌聲，智安帶頭推開門走了進來。

「允娜，之前是我誤會妳了，妳是世界上獨一無二的茱麗葉！」智安以讚嘆的語氣說道，雖然有點誇張，但可以感受到智安的誠意。

「什麼呀？黃智安，以前可從沒聽你說過這種話，而且怎麼大家都來了？」

允娜一副不好意思的樣子，臉都紅了。

「這樣的表演只在更衣室才看得到實在太可惜了，請在觀眾面前表演吧，真正適合妳的地方是舞臺！」

允娜靜默了一下，說：「很抱歉引起這場風波，從現在起，讓我們同心協力，一起努力吧！」

每個人的臉上都露出如釋重負的表情，無論之前有多麼不開心，只要一句真誠的道歉，大家就能瞬間冰釋前嫌，彷彿經歷過一場帶走暑氣的夏日驟雨，心情變得柔和清爽。

突然間，更衣室的門被拉開，哈囉老師探頭往裡面看。

「舞臺上都沒有人，所以我來看看狀況，怎麼大家都聚在更衣室呀？

一切都順利嗎？」

聽到老師這麼問，所有人異口同聲的喊道：「當然！」

大家齊聲說完，又不約而同的互看一眼，忍不住哄堂大笑。

「果然，這次也延續了未來小學五年級學生的傳統。」哈囉老師像對一切都了然於心，點點頭說：「練習過程中，一定會有意見不合的時候，但最後總是會化解危機、圓滿解決，這就是舞臺的魔法呀！」

老師以讚許的眼神看向我們。

「不過，最關鍵的還是上臺表演那一天，所以我們要全力以赴，堅持到最後！」

「好的！」所有人齊聲回應，不只是允娜，曾與她互不相讓的智安、旻載、露美、詩浩、知浩……每個人都神采奕奕、滿懷喜悅，唯獨某個人除外。

「原本還想著有好戲看了呢，結果居然這麼無聊。真討厭這種刻意製造感動的橋段。」萊兒在一旁低聲說著風涼話。

「妳這樣說也太奇怪了吧？」我的語氣有點不悅。

「我的意思很簡單啊，就是想看看這件事會怎麼收場，畢竟就像老師說的，真正的舞臺考驗還在後頭呢！」

萊兒如此回應我的質疑，當時的我沒有多想，只是不以為然的哼了一聲，但是現在回頭想想，當時真的應該更慎重思考她的話。如果我那時能更加謹慎一些，也許表演當天就不會發生那樣的情況了。

第9章

舞臺的魔法

正式演出的前一天，我們進行了最後一次彩排，大家的表現令人驚豔。燈光、音響、動線與表演配合得天衣無縫，展現出高度的專業水準。旻載傾注全力製作的舞臺布景光彩奪目，而其他演員也完美演繹了露美精心編排的動線與舞蹈動作。當飾演茱麗葉的允娜完成最後一個場景時，哈囉老師激動的從座位上站起來，熱烈鼓掌。以這樣的表現來看，明天的表演一定會非常完美。

「哈哈哈哈，我們真的太厲害了，今天的彩排完全達到正式演出的水準！」

智安相當滿意的這麼說，允娜露出了自豪的表情，所有人的眼神也滿溢著自信。難道就只有我對明天的表演有種不祥的預感嗎？果不其然，在表演當天的早上，我察覺到一股不尋常的氛圍。

終於迎來期待已久的表演日。上午的課程一結束，同學們就匆忙前往禮堂，家長們也陸續坐進觀眾席。大家站在舞臺後方，眼神充滿緊張與不安。

「大家別擔心，只要照昨天彩排那樣去表演就可以了！」

儘管智安再三安撫大家要放輕鬆，但一想到即將要上臺正式表演，每個人都繃緊神經，甚至連手腳都有些不聽使喚。雖然我能夠躲在三葉草戲服底下，但是想到即將要面對觀眾，依然感到一陣焦慮。

「別擔心，我們練習這麼多次，事前準備做得非常完美！」智安才剛說完，就聽見昱載焦急的喊叫聲。

「啊，怎麼會這樣？」

舞臺布景中的森林背景圖眼看就要掉落，大家連忙合力幫旻載重新固定。然而，由於畫布已經從背板上脫落，即使勉強貼回去，看起來還是皺巴巴的，難以恢復原本的平整與美觀。同一時間，在舞臺另一側確認演員動線的露美也憂心忡忡的說道：「這樣的話，動線會亂掉。」

她對著書允這麼說，書允飾演凱普萊特家族的成員，但是不知道發生了什麼事，走起路來一跛一跛的。

「抱歉，我昨天在回家路上跌倒了，腳踝有點扭傷，但我還是想試試看。」

雖然書允已經盡力表演，但看來仍然十分吃力。在一個三人舞的場景中，由於書允的腳無法順暢擺動，整體動作不夠一致，導致畫面有些凌亂。

「這樣不行，書允妳還是先別勉強上臺吧，這也是情有可原。只是，這樣就和原本規劃的隊形不一樣了，該怎麼辦呢？」聽見露美苦惱的說，我也跟著焦慮起來，轉頭看見身旁的萊兒臉上依舊掛著悠哉的微笑，真是令人火大。過了沒多久，我聽見允娜哽咽的聲音。

「怎麼辦，全部忘光光了！我一句臺詞都記不起來！」

「怎麼回事？之前明明都沒問題的呀！」智安的語氣十分緊張。

允娜用力搖搖頭，說：「老實說，因為我昨天太緊張了，幾乎整夜都沒睡，所以現在腦袋一片空白！」

允娜說出這句話時，臉上寫滿了疲憊與憔悴。我們還陷在眼前的混亂中，一年級的音樂演奏會與二年級的合唱團表演已經結束了，接下來就要輪到五年級登場，突然間，允娜臉色驟變。

「天呀！羽毛帽不見了！」

「什麼？」

「剛才明明掛在這張椅子上，現在不見了！」

「那是最後一幕不可或缺的道具，沒有帽子就糟糕了呀！有沒有人看見那頂帽子？」

智安也露出驚慌失措的表情，然而，沒有人知道帽子的下落。這時，臺上的老師正以輕快的聲音向觀眾介紹我們的表演項目。

「接下來的節目是五年級的舞臺劇表演，我們未來小學有個傳統，每年會由五年級的學生自己籌備演出一齣戲劇。今年，我們將重新演繹莎士比亞的經典作品《羅密歐與茱麗葉》。請拭目以待，欣賞五年級生精心打造的《羅密歐與茱麗葉》全新版本！」

「這怎麼行呀！」

「現在這樣要怎麼上臺？」

「要不要跟老師說，我們沒辦法表演了！」

大家還在憂心忡忡的低聲討論，舞臺的布幕卻已經緩緩升起。耀眼的聚光燈早已灑落在我們的身上，即使還沒完全準備好，我們也無處可逃。戲劇正式拉開序幕，無論結果如何，大家只能硬著頭皮，按照彩排的方法全力以赴！

第一幕是蒙太古與凱普萊特兩大家族成員持劍決鬥的場景，然而，對決顯得生硬而尷尬，與彩排時的俐落激烈相去甚遠。在後臺等待上場的其他演員都垂頭喪氣的看著這一幕，滿臉愁容。

每個場景都可以用「慘不忍睹」來形容，錯誤百出的程度讓人不禁懷疑，我們真的有認真排練過嗎？知浩時而忘詞，時而結巴，露美精心編排的動線亂成一團，兩大家族的演員像無頭蒼蠅般在舞臺上四處亂竄。而負責統籌這一切的智安，臉色已經陰沉得像暴風雨前的天空。眼看即將迎來最後一幕，我在後臺焦急的四處搜尋，想找到那頂綠色羽毛帽，然而，翻遍每個角落就是找不到。

就在我忙得團團轉時，背後突然傳來咯咯的笑聲。我猛然回頭，眼前的景象讓我驚訝得瞪大了雙眼——發出笑聲的是萊兒，而她背後的雙手，正緊緊握著那頂綠色羽毛帽！

「妳手裡拿的是什麼？」

我激動的對萊兒大喊，而她卻只是泰然自若的說：「這個？我看它掉在地上，就順手撿起來了。」

「怎麼可能？我從剛剛就一直在找這頂帽子，既然妳發現了，就應該拿出來歸還才對！」

聽見我這麼說，萊兒抬眼注視著我，說：「為什麼？又沒人來問我有沒有撿到。」

「妳覺得這種說法聽起來合理嗎？總之快點給我吧。」

我果決的伸出手，但萊兒卻搖了搖頭。

「怎麼可能這麼簡單就給妳呀，不過，如果妳拿我想要的東西來交換的話，那就另當別論了。」

「交換？」

「沒錯，就用妳脖子上那條項鍊！」

我僵在原地，全身被瞬間定格，而萊兒則一副漫不經心的樣子，彷彿這只是一件微不足道的小事。

「又不是不還妳，我只是想戴一次試試看而已。」

萊兒的上半身往前傾，逼近到我面前。

「不行，這個是……」我緊緊抓住項鍊。

「所以，這齣戲全毀了也無所謂？」

萊兒顯然想煽動我的情緒，而我焦慮的咬著嘴脣，內心充滿遲疑。

此刻，我的目光掃向舞臺，知浩已經倒在地上，劇情正進行到羅密歐昏倒的橋段，而允娜也準備上場。我必須趁現在把帽子交給她，否則就來不及了！

短短幾秒內，我的內心無比掙扎，要不要為了這場表演，暫時把項鍊交給萊兒？

正當我下定決心，打算摘下項鍊時，有人抓住我的手腕。

我抬頭一看，是智安，不知為何他竟然穿著三葉草的戲服。

「該出場了！」

我還沒回過神，智安已經拉著我走上舞臺，這時，允娜站在倒地的羅密歐面前。

「智安，你為什麼會穿三葉草的戲服？」

我壓低音量問道，智安也輕聲回答我：「因為我是三葉草一號！」

「真的嗎？但允娜的帽子……」

萊兒跟在我和智安的後面上臺，她的眼神燃燒著熊熊火焰，她的臉上交織著兩種情緒——一面為錯失奪取項鍊的機會憤怒，一面期待著表演徹底的失敗。

「啊！羅密歐！你為何倒地不起？」

允娜高聲背誦出茱麗葉的臺詞，按照劇本的內容，現在應該要拿起牆上的綠色羽毛帽戴在頭上，象徵她從此脫胎換骨，成為一個嶄新的茱麗葉。這是我們用心改編的關鍵場景，所有人為了這齣戲不曉得練習了多少次，投入了多少心力……滿滿的委屈與遺憾湧上心頭，讓我有股想哭的衝動。

就在下一秒，出乎意料的事情發生了。允娜忽然轉向空無一物的牆壁，開始念起臺詞。她的目光專注而堅定，彷彿正在凝視著某樣極為重要的東西。

「真是一頂迷人的帽子呀，對了，這是羅密歐的帽子！」

當然，我與觀眾都沒有看到她所說的帽子。然而，此刻的觀眾席陷入了一片寂靜，所有人都一臉嚴肅的注視著允娜的一舉一動。

「多麼鮮活的綠色啊！我將戴上它，去找出阻礙我們愛情的真凶！」

允娜手中就像是真的抓著一頂帽子，每個動作都牢牢吸引了在場每個人的目光。允娜做出拿起帽子的動作，將隱形帽子轉了一圈後，輕巧的戴在頭上。接著，她堅定的向前邁步，嶄新的茱麗葉就此誕生！

「哇！」全場響起雷鳴般的驚嘆聲，所有人都被這意想不到的一幕深深震撼。身穿三葉草戲服的智安走到舞臺前，向觀眾微笑致意，並逐一介紹每位演員，掌聲此起彼落，迴盪在劇場中。最後，智安念出女主角允娜的名字，允娜優雅的向觀眾鞠躬致意，燈光映照在她自信的笑容上，她獲得最熱烈的掌聲。

這時候如果有那頂羽毛帽的話，效果一定會更好……正當我冒出這個想法時，瞬間感覺到有東西從我的背部躍出。我瞪大了眼睛——是綠色狐狸！

她以迅雷不及掩耳的速度朝萊兒衝去，動作迅捷得讓人來不及反應。然後，就在眾目睽睽之下，綠色狐狸靈巧的從萊兒手中奪走帽子，並用力一拋。帽子在空中劃出一道優雅的弧線，如同輕盈的羽毛般飄舞著，緩緩落向舞臺正中央。

允娜迅速伸手，一把抓住那頂羽毛帽。觀眾席冒出驚呼聲，彷彿見證了一場不可思議的魔術秀，剛才還憑空消失的帽子，竟然真的出現在她手中！

允娜優雅的將帽子斜戴在頭上，嘴角揚起自信又迷人的笑容，舞臺燈光映照著她閃閃發亮的眼神，這一刻，整個劇場的目光都聚焦在她的身上。

這不是意外，而是一場完美的即興演出。掌聲雷動，歡呼聲此起彼

落，觀眾們興奮不已，共同見證這場精彩絕倫的安可表演！

全場再次響起熱烈的歡呼聲，甚至有人激動起身用力鼓掌。我一眼望去，看見一對中年夫妻，他們的五官與允娜有幾分相似，一眼便能看出是她的爸爸媽媽。允娜與他們眼神交會，微微顫抖著嘴唇，眼眶中蓄滿了晶瑩的淚水。

媽媽說得沒錯，舞臺就是一個這麼神

奇的地方，無論發生什麼不可思議的事，都不足為奇。

那一刻，臺上的我們與臺下的觀眾，產生了心靈相通的默契，共同見證這場意想不到的奇蹟。

第10章

表演落幕後

表演結束後，大家齊聚在後臺，興奮之情久久未能平復。所有人都圍繞在允娜身邊，甚至忘了換下戲服。

「允娜，妳真的太厲害了！」

「對啊，怎麼能演得這麼自然呢？」

「我也不知道，可能是身體的本能反應吧，這一切都多虧了大家，舞臺劇才能圓滿的落幕。」

允娜得意的聳了聳肩，但仍不忘將功勞歸於大家。接著，她像電影演員在頒獎典禮上發表感言般，逐一感謝每個人：「黃智安，謝謝你！雖然我們常常意見不合，但結果證明，我們是最棒的團隊。感謝露美精心編排流暢的動線，感謝詩浩用心管理音響設備，感謝旻載，雖然一開始狀況不斷，但最後完成了漂亮的布景，還有……」

允娜越說越起勁，感言長得彷彿沒有盡頭，其他人大眼瞪著小眼，最後只能無奈的相視而笑。

「這是一個多麼美好的夜晚呀，以後我也會繼續努力……」

這時，「嗶」的一聲，麥克風的電源被關掉了。

「同學們，連麥克風都下班了，我想我們也該離開了。」

大家聽見詩浩這麼一說，全都忍不住笑了出來，連允娜也被逗得開懷大笑。毫無疑問，這場舞臺劇為我們每個人帶來了一些改變。

當我一邊整理道具，一邊沉浸在思考當中時，允娜突然將綠色羽毛帽遞到我的眼前。

「孫丹美，這個還妳。多虧有妳，這頂帽子為表演加分不少，我想我永遠都不會忘記這頂茱麗葉的帽子。」

我接過帽子，看了一下後又將它拿給允娜。

「這頂帽子送妳，留作紀念吧！」

「真的可以嗎？」允娜瞪大了眼睛，驚喜的問道。

我笑著點點頭，允娜沉思片刻，然後慎重的將羽毛帽抱入懷中，彷彿捧著無比珍貴的寶物。

「謝謝妳，有人曾告訴我，舞臺是一個會帶來奇蹟的地方，我今天親身體驗到了！」

我默默的點頭贊同，因為我也有一樣的感受。

「然後……孫丹美，如果沒有妳，我應該不可能完成這次的表演。」

「真的嗎？」

「嗯，丹美，謝謝妳。」

允娜微笑著真誠的看著我。那一刻，我第一次感受到自己與她之間似乎產生了友情的連結。過沒多久，我走到智安身旁。他雖然筋疲力盡，但臉上滿溢著自豪的神情，彷彿在訴說著表演的圓滿落幕。

「黃智安……」

我對他在最後一刻突然出現，並一把抓住我衝上舞臺這件事感到好奇。他當時似乎察覺到萊兒想要擾亂我，這真的只是巧合嗎？

「啊，沒事啦，只是想跟你說一聲，你辛苦了。」

「多謝妳發現我的辛苦啊！」嘻皮笑臉的智安，突然停頓了一下，接著又若無其事的說：「對了，我也有話要跟妳說。」

「什麼？」

「珍貴的東西絕對不能輕易交給別人，別忘了。」

智安一邊若無其事的整理椅子，一邊說出這句話。我心頭一震，情緒變得複雜起來。從幼兒園認識到現在，智安到底對我的祕密了解多少？然而，我沒有追問下去，只是默默的幫他整理椅子。戲劇節結束了，我們終究要回到日常的生活。

第11章 另一個舞臺

那天晚上，我眺望窗外，夜空中懸掛著如細眉般的弦月。我感覺背後隱隱發癢，這是尾巴要出現的預兆，在我還渾然不覺時，綠色狐狸已經化為人形靜靜站在我面前。此刻沐浴在月光下的綠髮女孩，有一種與

舞臺上截然不同的感覺。

「謝謝妳，妳讓我明白了『魅力』的真正意義。」我向綠髮女孩說出了感謝。

「看看天上的月亮，滿月與弦月雖然有著不同面貌，但各有各的美，月亮會給狐狸這種動物帶來很大的影響呢！」綠髮女孩收起平時的調皮作風，十分認真的說。

「我有個疑問，妳只會在舞臺上出現嗎？可是我這輩子應該不會再站上舞臺了呀。」

「我就知道妳會這麼想，所以我想讓妳知道，真正的魅力，不只存在於舞臺這種盛大的場合，也不只是在內心或是外表才能發現，而是像空氣一樣，無時無刻都在生活中圍繞著我們。妳想想看，無論是顏色的搭配，還是人與人之間的關係，只要和諧融洽，魅力就會自然展現出來。我選擇在舞臺現身，就是為了告訴妳這件事，而這不也是一件很棒的事嗎？」綠髮女孩如音樂劇演員般華麗轉著圈，以誇張的語調訴說著。

「沒錯，假如人生是一場舞臺劇，那麼我就是臺上的演員。不過，單憑一己之力不可能完成表演，必須與許多人一同合作才能譜寫出動人篇章。或許，真正的自我魅力，就是無論身在何地，都能與別人和諧共處吧？」

沒想到我這番不經意說出的話，卻讓綠髮女孩驚訝的瞪大眼睛。她十分激動的說：「太棒了！妳終於體會到了和諧之美。」

她一邊說，一邊用力拍著手，發出響亮短促的掌聲。

「對了，為什麼那個萊兒要想盡辦法阻礙我們呢？妳知道原因嗎？她為何想拿走我的狐珠呢？」

綠髮女孩聽見我突然提起萊兒的事，抬頭看向我。

「小心一點，妳與她牽扯越多就越危險。」

我沉默不語，撫摸著掛在脖子上的狐珠。

「我原本在一旁觀賞你們的表演，卻忽然聞到一股異樣的氣味。直覺告訴我不對勁，於是我悄悄溜到後臺，正好撞見她偷偷將椅子上的帽子藏起來。從她身上，我感受到一股不尋常的能量，顯然在盤算什麼壞主意，這種人絕不可能與你們和平相處！」

綠色女孩的這番話讓我煩惱了一整夜，最後得出的結論是——既然無法逃避，那麼就正面迎戰吧。於是，第二天我主動去找萊兒。

「杜萊兒。」

「真是稀奇，妳竟然會主動來找我？」萊兒似乎相當歡迎我的到來。

「我不想拐彎抹角，所以就直接問了，為什麼妳昨天要把羽毛帽藏起來？妳說是撿到的，但明明是故意把帽子藏在大家找不到的地方，到底為什麼妳要這麼做？」

我原本以為萊兒會惱羞成怒且堅決否認，但她的反應卻出乎我的意料之外。

「妳有什麼證據嗎？」

「什麼？」

「說說看妳有什麼證據呀？難道有人親眼看到了嗎？」

萊兒臉上露出得意的笑容，我有口難言的深吸一口氣，又不能說是綠色尾巴看到的。

「怎麼啦？該不會跟妳那個不能被人發現的祕密有關吧？」

我驚訝的屏住呼吸，此時，萊兒神祕兮兮的低聲說：「同一類人註定會緊密相連，就像是妳和我。」

「這是什麼意思？」

「妳很快就會明白的。」

萊兒瞪大雙眼，傳達出威嚇之意說：「這次我只是稍微測試了一下……好吧，我承認，妳的實力更勝一籌。雖然這次的結果是如此，但我勸妳最好不要太大意，下次我不會再對妳手下留情了。」

萊兒的嘴角勾起一抹冷笑，我握緊雙拳，感覺體內的狐珠能量有些躁動。這一刻，我下定決心，無論未來發生了什麼事，絕對不能忘記我身上流著狐狸的血脈，我是一隻九尾狐，而且擁有一顆威力強大、無比珍貴的狐珠！

允娜的信

大家好！我叫允娜，大家應該都認識我了。白允娜竟然到這一集才當上主角，大家是不是也很期待呢？其實我自己也迫不及待，現在終於有機會向大家打招呼了。之前丹美的故事也多次提到，我是即將以「海藍寶石」這個偶像團體名稱踏入演藝圈的練習生，我對舞臺表演和舞蹈的熱情，絕對不輸給任何人！雖然「海藍寶石」的正式出道時間仍是未

知數，但為了有朝一日能站上舞臺發光發熱，我比誰都更加努力的練習！

今年夏天，我獲得一個超棒的機會，那就是在學校舉辦的舞臺劇裡擔任主角！滿懷期待的我全心投入，努力準備表演，沒想到一切並不如想像中順利，朋友之間摩擦不斷，意想不到的問題接連發生，我夢寐以求的舞臺，最後漸漸變成我想逃離的噩夢。

多虧丹美與其他同學的幫助，我才能重新回到團隊，和大家一起準備表演。然而，每當回想起演出當天發生的事情，我仍心有餘悸。排練時的表現完美無缺，正式演出時卻有些荒腔走板。當我發現那頂意義重大的綠色羽毛帽竟然在演出前一刻消失無蹤時，內心更是陷入絕望。

不過，後來的結果大家也都看到了吧，這場狀況百出的表演最終還是順利落幕了。當演出結束時，全場響起的熱烈掌聲，至今仍讓我感到難以置信。

回想當時站在舞臺上的自己，為什麼會做出那樣的反應呢？其實，我只是單純覺得——無論如何，都一定要堅持到最後。就算遇到再大的問題，也不能直接離開舞臺，更不能站在原地哭泣。

所以，我只是照之前練習過的內容演出而已，假裝那裡真的有一頂帽子並繼續演下去，這是我在當下能做的最好選擇。沒想到，觀眾竟然認同了我的演技，以為隱形帽也是表演的一部分！如今回想起來，這一切就彷彿魔法般不可思議。

你是不是也曾經因為遇到突如其來的狀況，而感到手足無措呢？如果再遇到類似的情況，別擔心！請相信自己一定能用自己的方式順利克服困難！

最後，我有一個問題想請問大家，如果「海藍寶石」正式出道了，你們一定會支持我們的，對吧？為了不辜負大家的期待，我一定會努力練習，期待未來的某天能在舞臺上與大家見面！

白允娜

故事館 017

威風凜凜的狐狸尾巴 5：星光閃閃的奇蹟舞臺

위풍당당 여우 꼬리 5:별빛 가득 기적의 무대

作　者　孫元平
繪　者　萬物商先生
譯　者　林謹瓊
語文審訂　張銀盛（臺灣師大國文碩士）
責任編輯　陳鳳如
封面設計　李京蓉
內頁排版　連紫吟・曹任華

出版發行　采實文化事業股份有限公司
童書行銷　鄒立婕・張敏莉・張文珍
執行副總　張純鐘
業務發行　張世明・林踏欣・林坤蓉・王貞玉
國際版權　劉靜茹
印務採購　曾玉霞
會計行政　許俽瑀・李韶婉・張婕莛
法律顧問　第一國際法律事務所　余淑杏律師
電子信箱　acme@acmebook.com.tw
采實官網　www.acmestore.com.tw
采實文化粉絲團　www.facebook.com/acmebook01
采實童書FB　www.facebook.com/acmestory/

I S B N　978-626-431-065-9
定　價　350 元
初版一刷　2025 年 8 月
劃撥帳號　50148859
劃撥戶名　采實文化事業股份有限公司
104台北市中山區南京東路二段95號9樓
電話：(02)2511-9798　傳真：(02)2571-3298

線上讀者回函

立即掃描 QR Code 或輸入下方網址，連結采實文化線上讀者回函，未來會不定期寄送書訊、活動消息，並有機會免費參加抽獎活動。
https://bit.ly/37oKZEa

國家圖書館出版品預行編目資料

威風凜凜的狐狸尾巴 . 5, 星光閃閃的奇蹟舞臺 / 孫元平作 ; 林謹瓊譯 . -- 初版 . -- 臺北市 : 采實文化事業股份有限公司, 2025.08
192 面 ;14.8×21 公分 . -- (故事館 ; 17)
譯自 : 위풍당당 여우 꼬리 . 5, 별빛 가득 기적의 무대
ISBN 978-626-431-065-9(平裝)
862.596　114008073